알 수 없는 채로, 여기까지

알 수 없는

채로,

여기까지

레 나

에 세 이

낮은산

2부 안녕, 고마웠어요

Your smile is the best thing today!

Smile, there!

2013년 한여름, 나는 뉴욕 서부 100번가에 있는 작은 레스토랑 테라스에 앉아 얼굴을 일그러뜨린 채 주문한 파스타를 기다리고 있었다.

서툰 영어로 유학박람회에서 사진 학원 하나를 찾아 등록하고 캐나다를 거쳐 뉴욕에 도착한 지 일주일이 지난 후였다.

새로운 도시가 낯설고 어눌한 발음 때문에 주눅이 들어, 수업을 시작한 첫 주 만에 우울감이 심하게 밀려들었다. 수업은 지나치게 빡빡했고, 따라가기에 내 언어 실력은 한없이 부족했다. 자존감이 낮아진 상태에서 떠나온

탓인지, 처음에 가졌던 기대감은 며칠 만에 사그라들었다. 누구와도 말을 섞고 싶지 않았고, 매일 밤 울다가 '그래도 기간은 채우고 가야지' 중얼대며 아침에 겨우 일어나곤 했다.

유일하게 쉬는 일요일 오후, 서블렛으로 구한 아파트 건너편 레스토랑에 앉아서 멍하니 거리를 오가는 사람들을 지켜보고 있었다. 웨이트리스가 내가 하는 간단한 주문조차 못 알아듣는 것 같아서 짜증이 난 상태였다. 내가 원해서 이 도시에 와 있으니 누구를 탓할 수도 없었지만, 격렬하게 누군가를 원망하고 싶다는 마음만이 가득했다.

신호등이 바뀌고 사람들은 무심하게 내 앞을 지나쳐 갔다. 묵묵히 오가는 사람들의 수를 세며 주문한 음식을 기다리고 있는데, 멀리서 지팡이를 짚고 천천히 걸어오던 흑인 할머니가 나를 보며 싱긋 웃었다.

거기, 예쁜 아가씨. 날씨도 좋은데 왜 울상이야. 웃어!

이미 그녀는 내 근처에 서서, 땀을 닦을 손수건을 손에 쥐고서는 환하게 웃고 있었다. 나도 모르게 그녀를 보며 웃었다.

네 웃음이 오늘의 베스트겠어. 웃어요, 아가씨.

그녀는 따뜻한 말 한마디를 건넨 뒤, 땀을 닦고는 다시
제 갈 길로 느리게 움직이기 시작했다. 순간 짜증이 가시
면서, 스스로가 부끄러워짐과 동시에 울컥하는 감정이 치
솟았다. 누군가가 나를 봐 주고 있구나, 나는 아무것도 아
닌 게 아니구나.

그해 여름을 뉴욕에서 보내면서, 지치고 힘이 들 때마
다 그녀의 말을 떠올렸다. 어쩌면 그녀에게는 보잘것없는
들꽃에 먹던 물병의 물을 살짝 부어 준 정도의 호의였을
지 모르지만, 나는 덕분에 무사히 체류 기간을 마치고 돌
아올 수 있었다.

돌이켜보면, 길에서 수많은 사람들을 만났다. 길지 않
은 여행 중에 만난 이들도 있고, 장기 체류 중에 만난 이
들도 있다. 내가 실의에 빠져 있을 때, 혹은 지나친 자만심
으로 나 자신과 주변의 것들을 속수무책으로 망가뜨려 갈
때, 내 옆에서 등을 두드려 주고 정신을 차리게 해 준 이
들이 바로 이들이었다. 우연한 만남을 반복해 가면서 나
는 세상을 다시 배우고, 반쯤 깎여 나간 자아의 빈자리를
채웠다.

길 위에 처음으로 혼자 선 해가 2009년이었다. 꽤 많은 시간 낯선 거리를 탐험하고 익숙지 않은 방에서 잠을 청했다. 내 앞에 어떤 장면이 펼쳐질지 알 수 없는 채로 여기까지 올 수 있었던 건 나를 몇 번이고 일으킨 작은 호의들 덕분이었다. 그동안 만난 이들과의 추억, 그 자리에서 아름답게 빛나던 그들의 얼굴, 그리고 내가 걸어온 서툰 길들을 돌아보려고 한다.

1부

반짝임과

흔들림으로

사는 건 그렇게 복잡한 것도
어려운 것도 아니란다

"담배를 태운 지 십 년이 넘었는데
아직도 불을 붙이는 게 익숙하지가 않아.

아테네 신티그마 광장에서 더위를 식히려고 카페에 앉
아 있었다. 내 옆자리에 40대로 보이는 여인이 앉는다. 햇
빛에 그을려 희게 탈색된 거친 금발머리에 푸른 눈을 가
진 그녀는 자리에 앉자마자 담배를 입에 문다. 담배에 불
을 붙이려고 라이터의 부싯돌을 계속 돌려 보지만 라이터
는 딸가닥거리는 소리만 낼 뿐, 불이 잘 붙지 않는다. 아이
스 아메리카노는 없다고 단호하게 말하는 남부 유럽인들
에게 익숙해진 나는, 얼음물을 따로 청해서 에스프레소를
따라 넣고 있었다. 스스로 제조한 아이스 아메리카노를 한
잔 마시고 기분이 좋아져 슬며시 웃는 나를 보더니, 여인
이 쑥스러운 표정으로 말을 꺼낸다. 담배를 태운 지 십 년

이 넘었는데 아직도 불을 붙이는 게 익숙하지 않다고.

그게 중요한가요, 담배를 피울 수만 있다면야.

내 대꾸가 마음에 들었는지 그녀는 몸을 내 쪽으로 돌리고는 싱긋 웃더니 손짓으로 직원을 부른다. 라이터를 빌려달라는 말을 한 듯하다. 물을 들이켠 그녀가 날 보고 익숙한 질문을 건넨다. 어디에서 왔니? 한국, 남쪽, 서울에서 왔어요. 우리의 대화는 짧은 영어 단어만으로 이루어지지만, 서로는 그럭저럭 잘 알아듣는다. 요령이 생겨 서울을 꼭 덧붙이는 것도 잊지 않는다. 꽤 먼 곳에서 왔네. 그런데 혼자야? 대단한데. 나는 속으로는 우쭐하지만, 짐짓 아무렇지 않은 척 대꾸한다. 많아요. 혼자 여행하는 사람은. 그녀는 직원이 건네준 라이터를 받아들고 담배에 불을 붙이며 고개를 젓는다. 아니야, 아니야, 넌 용감한 거야.

순수한 칭찬에 과한 부정이 오히려 무례라는 것을 나는 여행 중에 배웠다. 고마워요. 내 웃음에 그녀가 따라 웃는다. 당신은 친절하네요. 내 칭찬에 그녀는 슬며시 웃고는 라이터와 함께 가져다준 커피를 한 모금 마시고 먼 하늘을 바라본다. 몇 초나 흘렀을까, 하늘을 바라보던 그녀가 내 눈을 바라보며 입을 연다.

좀 더 일찍 왔더라면 좋았을 텐데. 예전의 그리스는 훨씬 더 좋았어. 네가 그때의 그리스를 보았더라면 좋았을 거야.

그리스 여행은 애초에 계획한 것은 아니었다. 원래 여행의 마지막은 당시 유행하던 장소인 이스탄불에서 마무리 지으려고 했었다. 그러나 독일 베를린에서 누군가가 숙소 문을 따고 들어와 가방에 숨겨 놓은 유로와 터키 리라를 훔쳐 갔고, 이런저런 일이 겹치면서 아무래도 터키는 나와 맞지 않는 것 같다는 생각에 마지막 여행지를 충동적으로 그리스로 바꾼 뒤 아테네에 도착한 첫날이었다. 아테네 시내에 있는 게스트하우스에 짐을 푼 뒤 슬렁슬렁 밖을 돌아다니다 그 카페에 들어갔다. 그녀는 게스트하우스 매니저를 제외하고는 내가 처음 말을 섞은 그리스 사람인 셈이었다.

그녀 말은 사실이었다. 신티그마 광장 곳곳에서 어슬렁대면서 쓰레기통을 뒤지거나 구걸하는 걸인들을 심심치 않게 볼 수 있었고, 역 주변에는 정부 정책을 비판하는 현수막이 나부꼈다. 택시 기사들이 연일 파업을 하고 있어서 택시 이용도 어려웠다. 그녀가 말을 꺼내기 전까지, 그런 광경들이 크게 머릿속에 남지 않았다. 파르테논 신

전과 산토리니를 가는 것을 제외하고는 별다른 계획이 없었기 때문이다. 그리스 신화를 처음 접한 날부터 꾸준히 내가 제일 좋아해 온 여신은 아테네였다. 지혜와 전쟁, 문명의 여신. 아테네에게 바쳐진 파르테논 신전을 보고 싶다는 게 그리스에 온 유일한 이유였던 내게, 그녀의 말 한마디는 아테네 시내의 안 보이는 부분을 들춰내 주었다. 새 담배에 불을 붙여 하늘을 응시하던 그녀는, 짐을 챙겨 일어서는 나에게 "예전의 모습이 아니어서 안타깝다"고 다시 한번 말을 꺼낸다. 낯선 이에게 좋은 모습만 보여 주고 싶어 하는 마음이 짙게 느껴진다.

　　과거는 늘 실제보다 아름답다. 현재의 고통은 과거를 미화시킨다. 그러나 반가운 이에게 아름다운 모습을 보여 주고 싶어 하는 마음에 손가락질할 수 있을까. 그녀의 작은 선의 덕분에 나는 기대감으로 그리스 여행을 시작할 수 있었다.

* * *

　　아테네에서 며칠을 보내고 산토리니로 가는 배를 탔다. 쾌속선이 빠르게 바다를 가른다. 눈이 아플 만큼 푸른 바다를 건너 마리아가 운영하는 빌라로 향했다. 마리아, 그리스 이름은 미리암. 사랑받음, 아름다움이라는 뜻을 가진 이름.

　숙소를 예약할 때 함께 요청한 픽업차를 타고 마리아의 빌라에 도착했다. 사무실로 들어가자, 마리아는 산토리니에서만 나온다는 마멀레이드 쿠키와 요거트를 권했다. 막 냉장고에서 꺼냈는지 요거트 케이스에 이슬이 맺혀 있었다. 이건 여기에서밖에 먹을 수 없어. 아마 이게 그리워서 다시 오게 될 걸? 마리아는 따뜻한 미소를 지으며 내 방 열쇠를 건네준다. 은색 장미와 청록색 술이 달린 커다란 열쇠고리.

　나흘 밤을 보낼 내 공간은 딱 나에게 적당한 크기였다. 가지런하게 놓인 수건과 깨끗한 냄새가 나는 이불보, 파란색과 하얀색을 기본으로 아기자기하게 꾸며진 아담한 방과 작은 주방. 며칠이지만 이곳이 내 집이라고 생각하니 기분이 좋아진다. 문을 열면 작은 정원에 개인 수영장도 딸려 있다. 신이 나서 공간을 둘러보다 냉장고를 열어보니, 아까 응접실에서 마리아가 꺼내 준 쿠키와 요거트가 나란히 놓여 있다. 들떠서 방의 여기저기를 둘러보는 나를 가만히 지켜보던 마리아는 그리스 남자를 소개해 줄까, 하며 농담을 건넨다. 그러면 너는 돌아가지 않고 여기에서 살게 되겠지.

　하늘은 계속 파랗고, 좁은 거리거리에 늘어선 집들

이 하얗게 빛난다. 마리아의 빌라는 시내에서 제법 떨어진 언덕에 자리 잡고 있었는데, 그래서인지 좋은 시설에도 가격이 저렴했다. 성수기가 아니어서 빌라에는 나 외에 한 팀만 있었는데, 그들은 바쁘게 여기저기 돌아다녔고 그 덕에 나는 여유 있게 빌라 내의 수영장에서 물놀이를 하거나 늦잠을 자면서 시간을 보낼 수 있었다. 마리아의 집은 숙소 바로 뒤에 있었다. 마리아는 아침저녁으로 나를 찾아와 반갑게 인사를 건넸다. 혼자 여행 온 나를 위한 배려라는 걸 알 수 있었다. 마리아의 딸 헬라 또한 저녁이면 테라스에 앉아서 인터넷 서핑을 하거나 책을 읽는 나에게 다가와 필요한 건 없는지 물어보곤 했다. 두 모녀의 배려 덕분에 나는 편하게 산토리니의 구석구석을 둘러볼 수 있었다.

산토리니를 떠나는 마지막 날, 문 앞에 놓인 탁자에 앉아서 마지막 여행 계획을 짜고 있는데, 머리에 꽃 장식을 하고 파티 드레스를 입은 마리아가 찾아왔다. 와, 오늘 무척 아름답네요. 마리아는 기분이 좋을 때 코를 찡그리며 웃는 습관이 있었다. 예의 그 미소로 나를 바라보더니, 다정하게 대답했다. 가족끼리 파티가 있어서. 내일 몇 시 배로 돌아가니? 내가 데려다줄게. 부담을 주고 싶지 않다는 나에게 마리아는 화난 표정을 지어 보였다. 네가 여기 며칠 있었지? 나흘 밤을 여기서 보냈으니 이미 너는 내 가족이나 마찬가지야. 당연히 내가 배웅을 해야지. 나는 못 이기는 척 마리아에게 돌아갈 표를 보여 주고, 그녀는 시간을 체크한다. 내 이마에 가볍게 키스를 해 주고 돌아선 마리아는, 오늘 밤 좋은 꿈을 꾸라며 가붓한 발걸음으로 수영장을 지나 숲 쪽으로 사라졌다.

아침에 일어나 짐을 꾸리고 문밖에서 기다리자니 헬라가 웃으며 안녕, 인사를 한다. 생리 시작 전에 늘 두통이 있는데, 마침 떠나는 날이 시작 하루 전이었다. 찡그린 나를 보자마자 헬라는 사무실로 들어가 진통제 두 알과 멀미약 한 알을 가져다준다. 말하지 않아도 늘 먼저 무언가를 건네주는 세심함. 내가 누군가에게 이런 배려를 했던 적이 있었던가, 생각해 보지만 딱히 떠오르는 일이 없다. 넌 말하지 않아도 모든 걸 아는구나. 헬라에게 물과 약을 받아 삼키고 쑥스럽게 내뱉자, 헬라는 눈을 커다랗게 뜨며 비밀을 얘기하듯 나에게 얼굴을 가까이 가져다 댄다.

그게 그리스 여자의 매력이지.

이미 70일이 넘는 일정으로 꽤나 무거워진 내 캐리어를 헬라가 트렁크에 실으려고 한다. 내가 할게. 그거 무척

무거워. 헬라는 팔을 허리에 대고 쯧쯧, 하는 얼굴로 나를 바라본다. 나에게 무겁다면, 너에게도 무겁겠지. 다 너에게 필요한 것들이잖아. 내가 잠시 도와주는 거야. 너는 계속 이걸 들고 다녀야 하잖아. 헬라가 트렁크에 짐을 싣고 마리아를 부른다. 청바지에 셔츠를 입은 마리아가 사무실에서 성큼 걸어온다. 마리아의 손에는 내가 묵었던 방의 열쇠가 들려 있다. 너에게 주는 선물이야. 다음에는 꼭 애인과 같이 오렴. 네가 오면 이 방을 다시 줄게. 은색 장미 고리에 하늘색과 분홍색 술이 달려 있는 열쇠고리. 나는 거절하는 법을 이미 잊은 듯하다. 마리아에게 받은 열쇠고리를 소중히 내 여권 가방에 집어넣는다.

자, 갈까!

마리아의 차에 오르기 전 헬라와 비주 인사를 한다. 헬라는 시간이 짧아서 너무 아쉬우니, 다음에는 꼭 오래 머물라고 당부한다. 마리아가 시동을 걸고, 나는 마리아의 차에 올라탄다. 마리아의 차가 부두로 떠난다. 부두로 가는 길이 더 길었으면. 나는 그런 생각을 한다. 마리아는 고르지 못한 길을 터프하게 달리며 쉬지 않고 말을 건다.

오늘은 날씨가 좋지 않아서 걱정이야. 네가

타는 배가 많이 흔들리지 않았으면 좋겠는데.
그래, 어제는 즐거웠어. 가족파티였거든. 끝나고는
기도를 했지. 나는 매일 밤, 초를 켜고 기도를
한단다. 어제도 파티가 끝나고 기도를 했지. 무슨
기도를 하느냐고? 그건 매일 달라. 어느 날은
날씨가 좋기를, 어느 날은 바람이 불기를. 그런 걸
기도해.

내 얘기 하나 해 줄까? 나에겐 남자형제가 둘
있었어. 우린 정말 사이가 좋았지. 그런데, 어느 날
갑자기 죽어 버렸어. 그래, 갑자기. 나도 잘 이해가
안 돼. 어느 날 머리가 펑, 하고 터져 버린 거야.
병원에 갔지만, 별다른 방도가 없었지. 안타까운
일이야. 한 명은 열세 살 때, 한 명은 스물두 살 때,
어느 날 갑자기 사라져 버렸어. 우리 형제 중에서
가장 잘생기고 친절하고 영리한 사람들이었지.
네 말이 맞아. 착한 사람은 하늘에서 천사로 쓰기
위해 데려간다는 말. 나도 그렇게 생각해. 종교는
인간이 만든 거지만, 누구나 자신만의 신이 필요해.

우리 가족은 그 운명을 그대로 받아들이기로
했어. 서로의 생일이 되면, 어쩔 수 없이 그들
생각이 나. 그건 어쩔 수 없는 일이야. 그럴 땐
신에게 빈단다. 그들이 좋은 곳에서 우리가 행복한

모습을 바라볼 수 있기를. 기도를 하고 나면 꼭 그들이 우리를 바라보고 있는 것 같은 느낌이 들어. 그렇다면 신이 있는 거겠지. 그 옆에서 우리는 언젠가 다시 만날 거야. 우리 모두는 언젠가는 죽는걸. 그리고 다시 만나는 거야. 모든 사람은 언젠가는 다시 만난단다. 그렇게 믿고 살면 돼. 사는 건 그렇게 복잡한 것도 어려운 것도 아니란다.

네 배가 떠나고 나면, 나는 기도를 할 거야. 네가 무사히 아테네에 도착할 수 있기를. 그리고 네 나라에 무사히 갈 수 있기를. 그리고 언젠가 네가 다시 산토리니에 올 수 있기를. 그때엔 혼자가 아니라 네 옆에 사랑하는 사람이 함께이기를. 기다리고 있을게.

마리아 얘기를 들으면서 걷잡을 수 없이 눈물이 흘렀다. 마리아는 엄청난 고통의 시간을 보냈으리라. 그러나 그녀의 맑은 눈동자와 친절한 말투, 곱게 주름진 입가에는 고통의 흔적이 남아 있지 않았다. 얼마나 오랜 시간 그 고통을 담금질하며 살아온 것일까? 마리아는 '널 울리려던 건 아니었는데'라며 곤란한 표정을 지었다. 그게 또 미안해 나는 울음을 멈추기가 어려웠다.

차가 부두 주차장에 닿고, 마리아는 트렁크에서 캐리어를 꺼내 나에게 건네주었다. 세상에, 이걸 계속 끌고 다녔다니. 역시 너는 대단한 아이야. 캐리어를 받은 나는 눈물을 흘리지 않으려고 애를 쓰면서, 고맙다고, 조심스럽게 말을 내뱉었다. 마리아는 환하게 웃으며 나를 꼭 안아주었다.

잘 가. 메일 보내기로 한 거 잊으면 안 돼. 엽서도 꼭 써야 해. 네 주소도 넣고. 답장을 해야 하니까. 너는 좋은 아이야. 덕분에 나도 즐거웠단다.

그해, 나는 마리아가 건네준 캐리어를 끌고 꼬박 석 달을 길에서 보냈다. 길에서 만난 많은 이들이 나를 '특별한 아이', '좋은 아이'라고 불러 주었다. 그들이 나를 그렇게 부를 때마다 나는 좋은 아이가 되지 않으면 안 되겠다는 생각이 들었다. 특별할 것 없던 내가, 그들의 주문 덕분에 점점 나은 인간이 되어 가고 있다는 착각이 들었다.

마리아, 그거 알아요? 당신은 '진짜' 마리아예요.

대답 대신 마리아는 나를 다시 한번 꼭 끌어안아 주었다. 그리고 그리스어로 무슨 말인가를 읊조리며 내 뺨에

키스를 해 주었다. 마리아의 차갑고 촉촉한 입술이 내 볼
에 닿았다.

순간, 나는 왠지 모르게 구원을 받은 느낌이 들었다.

낯선 이에게 행운을 빌어 주던
그들을 위해서

"데인저러스, 얼론.

다시 아테네로 오는 배 안. 거센 비바람에 배는 심하게 흔들렸고, 배에 탄 사람들 모두 안전벨트를 단단하게 맨 채 꼼짝 못 하고 있었다. 멀미가 심해서 밖에 나가고 싶었지만, 화장실도 못 가는 상황이었다. 배에서 몇 시간을 그렇게 시달리고 가까스로 아테네 피레우스 항구에 도착했다. 하지만 파업 때문에 택시를 탈 수도 없었다. 승객들은 마지막 지하철에 끼어 아테네 시내로 이동해야 했다. 좁은 열차 안에서 서로서로 몸을 밀착시키면서도 중요한 것들을 담은 가방을 사수하듯 가슴팍으로 끌어당기고 있었다. 일사불란하게 움직이는 사람들 틈에서 나는 내 앞에 서 있는 여자애와 눈을 마주쳤다.

안녕. 그녀가 먼저 입을 열었다. 이 열차 안에서 혼자
인 사람은 너랑 나, 둘뿐인 거 같은데. 그러게. 우리는 일
행처럼 몸을 틀어 마주 서게 되었다. 갑자기 마음이 든든
해졌다. 난 여행 막바지야. 아테네로 돌아가서 파리로 갔
다가 우리나라로 돌아가. 어디에서 왔는데? 서울, 코리
아. 아! 들어봤어. 난 우루과이에서 왔어. 우루과이? 나 거
기 알아. 우루과이 라운드! 너네 대통령 우리나라에서 유
명해. 무히카…… 였던가, 이름이? 호세 무히카? 그녀 눈
이 커지고 입이 크게 벌어진다. 놀라운데. 완전 지구 반대
편인데! 나는 그리스 섬 몇 개를 돌고 아테네에서 며칠 더
있다가 이탈리아로 가. 이탈리아, 좋지. 나도 몇 군데 돌았
어. 너무 좋더라.

　짧은 시간이었지만, 우리는 급격히 친밀감을 느꼈다.
지하철에서 사람이 좀 빠지고, 안전하다는 느낌이 들자
서로 메일 주소를 교환하고 페이스북 친구 추가를 했다.
호텔을 묻는 그녀에게 옴모니아 역 근처라고 답하자 표정
이 조금 묘해진다. 거기는 좀 위험할 텐데. 그래? 어쩔 수
없었어. 그녀의 설명에 따르면, 옴모니아 역은 매춘이 일
어나는 거리라고 했다. 내가 예약한 호텔은 옴모니아 역
에 내려서 300미터 정도 걸어가는 곳에 위치하고 있었다.
그 얘기를 들었을 때만 해도, 위험해야 얼마나 위험하겠

어 싶은 마음이었다. 하지만 역에 내려서 에스컬레이터를 타고 지상으로 올라가자마자, 이 길이 왜 위험한지 10초 만에 파악할 수 있었다. 짧은 치마와 커다란 귀고리, 원색적인 화장을 한 여자아이들이 지하철 바로 앞에 늘어서 있었다. 여자아이들의 눈이 일제히 나에게로 향했다. 그들이 무서운 건 아니었다. 그들을 감시하기 위해 건물 안에 숨어 있을 남자들의 비릿한 미소가 머릿속에 그려졌다. 여행의 막바지라 돈은 별로 없었지만, 카메라와 여권, 지금껏 찍은 사진이 담긴 노트북을 빼앗길 수는 없었다. 나도 모르게 반대편 에스컬레이터를 타고 도로 역 안으로 들어왔다.

큰 짐 가방을 든 나를 보고 한 아주머니가 조심하라면서 등을 도닥여 주고는 바삐 개찰구 안으로 들어갔다. 역무원에게 사정을 얘기하려고 사무실로 갔지만, 그는 영어를 할 수도 없었을 뿐더러, 그가 영어를 했다고 한들 근무지를 이탈할 수는 없는 터였다. 체크인을 하려면 밤 10시 이전에는 도착해야 하는데, 시간은 벌써 9시에 가까웠다. 속이 타 들어 가는 것만 같았다.

그 순간, 한 할머니가 내 옆으로 다가왔다. 뭐라고 내게 말을 건넸는데, 알아듣지 못해 미안하다는 말만 연발하니 한숨을 쉬더니 앞으로 맨, 내 여권 가방을 가리키며 손으로 전화를 하는 시늉을 한다. 그러고는 호텔, 호텔, 이러기에 호텔에 전화를 해 주겠다는 소리라는 걸 깨달았다. 구글맵이 지금만큼 활성화되지 않을 때였고, 무제한 로밍도 없던 시절이다. 구글맵이 통했다고 해도, 그 거리를 지도를 보면서 지나갈 용기는 없었다.

호텔 예약 바우처를 꺼내 호텔 번호를 누르고 할머니를 바꿔 주니, 한참이나 통화를 한다. 아마 호텔의 위치를 물어보는 듯하다. 통화를 끝낸 할머니가 내게 다시 전화기를 돌려주는데, 아직 연결이 되어 있다. 수화기 너머에서 리셉션 직원이 '여기까지 오는 길이 조금 위험할 수 있는데, 통화하신 그분이 데려다주신다고 하셨으니 같이 오라'고 말한다. 전화를 끊자 할머니는 에스컬레이터를 손가락으로 가리키며, 다른 손으로는 내 팔을 잡는다.

갑자기 행운의 여신 티케가 머릿속에 떠올랐다. 머리에 왕관을 쓰고 한 손에는 풍요의 뿔 코르누코피아를, 다른 손에는 운명의 열쇠를 쥔 행운의 여신. 할머니를 따라 지상으로 올라갔다. 분명 아까와 같은 장면인데 전혀 다르게 느껴졌다. 짧은 영어 단어로 할머니는 연신 길에 대해 설명한다. 데인저러스, 얼론, 노노, 데인저러스. 무슨 말인지 다 알아들을 것 같다.

호텔에 도착해 체크인을 하는 동안, 할머니가 옆에서 나를 보며 빙긋 웃는다. 방 열쇠를 받고 나는 고마운 마음에 지갑에서 유로를 몇 장 꺼내어 할머니에게 건넸다.

에프하리스또!

서툰 그리스말로 감사를 전하며 지폐를 내밀자, 웃던 할머니 표정이 무섭게 변하더니 뭐라고 빠르게 말을 내뱉기 시작했다. 영문을 몰라 호텔 직원을 쳐다보니 웃으며 말을 전해 준다. '호의를 돈으로 갚는 건 무례한 짓'이라는 거다. 생각이 짧았다. 죄송하다고 고개를 숙이자, 할머니는 나를 꼭 끌어안아 주었다. 그런 뒤 손을 흔들며 잰걸음으로 호텔 정문을 빠져나갔다. 그리스어로 뭐라고 외치면서. 아마 행운을 비는 말일 거라고, 그렇게 생각하기로 한다.

방으로 들어와서 노트북을 켜고 지하철에서 만난 우루과이 여자애게 메신저를 보냈다. 그녀는 숙소에 잘 도착했노라고, 언젠가 다시 만나자는 답장을 보내 왔다. 노트북을 덮고 짐을 정리하면서 지난 일주일간 만난 인연들에 대해 생각했다. 스쳐 지나가는 인연도 있었고, 연락을 이어 가기로 한 인연도 있었다. 인연이란 내가 선택할 수 있는 게 아니지만, 주어지는 인연 속에서 행운을 찾아내는 건 어쩌면 내가 할 수 있는 일이 아닐까.

지하철에서 마주친 게 전부였던 그녀와 나는 여전히 일 년에 네 번, 서로의 안부를 묻는다. 각자의 생일과 크리스마스, 새해에. 십 년이라는 시간이 흐르는 동안, 그녀는 학교를 졸업하고 회사에 다니면서 프리랜서 사진가가 되었다. 우리는 언젠가, 우루과이에서 꼭 만나자고 매년 다짐한다.

이 글을 쓰고 있는 2021년, 그리스 전역은 불로 뒤덮였다. 아테네 북부에 가까운 에비아섬이라는 곳에서 화재가 발생했다. 기후 변화로 인한 건조한 날씨 탓에 불이 그리스 전역으로 번져 열흘간 5만 6천 헥타르의 산림이 불탔다는 뉴스를 접하고 '예전의 그리스'를 말하던 얼굴과, 나에게 용서와 수용을 알려 주었던 마리아와, 낯선 이에게 친절을 베풀던 그녀들의 얼굴이 자연스럽게 떠올랐다.

낯선 이에게 행운을 빌어 주던 그들을 위해, 그들의 신에게 기도한다. 인간이 만든 재앙이니, 인간의 힘으로 극복할 수 있는 힘 또한 그들에게 있기를. 그리고 인간의 힘이 닿을 수 없는 곳에, 행운의 여신의 가호가 있기를.

나의 장소, 내 자리를 찾아서

"미래는 아무도 모르는 거니까.

크로아티아의 두브로브니크를 방문하기로 결정한 건 비용 때문이었다. 숙박비가 다른 나라와 비교도 안 될 만큼 저렴했을 뿐더러, 저가항공의 혜택에 힘입어 그리스로 가기 전 머물기에 좋은 지역이었다. 올드타운에서 조금 떨어진 바닷가 호텔이 무척 싸게 나왔기에 예약을 했다. 숙소에 도착해 짐을 풀고 올드타운으로 가 여기저기 둘러보는데, 때마침 한 갤러리에서 〈WAR PHOTO〉라는 전시를 하고 있었다.

세르비아의 민족주의와 무슬림의 충돌, 옛 유고슬라비아 연방의 민족 대립이 주제였다. 세계사 교육이 강대국 위주로 편성되어 있는 탓에 잘 몰랐는데, 이 전시는

1991년의 유고슬라비아 전쟁(유고 내전) 이후 현재를 살아가는 크로아티아 및 그 주변국들의 이야기를 담고 있었다. 그중 한 섹션이 무슬림과 유대인, 베두인과 기독교인이 섞여 있는 분쟁 지역에 사는 십대들의 포트레이트 사진전이었다.

찬찬히 사진을 훑어보다가 작은 방에서 환하게 웃고 있는 여자아이의 사진 아래 적힌 글에 눈길이 갔다. 꽤 긴 글이었지만, 왠지 간직하고 싶어 수첩에 옮겨 적었다.

> 나는 러시아계 유대인 어머니와 무슬림 아버지
> 사이에서 태어났어요. 우리 부모님은 의대를
> 다녔는데, 학교에서 사랑에 빠졌대요. 결혼을 하고
> 제가 태어났고, 제가 다섯 살 때 무슬림 지역으로
> 이사를 했어요. 거기서 사는 일은 쉽지 않았어요.
> 어머니는 직업을 바꿔야 했죠. 어머니는 웨딩 숍을
> 여셨어요. 학교에 갔지만 아이들은 저를 따돌렸고
> 어디에도 끼워 주지 않았어요. 나는 항상 침울해
> 있었고, 그런 나를 부모님은 많이 걱정하셨어요.
> 내가 편하게 지낼 수 있는 곳을 찾으셨죠. 지금은
> 유대인들과 무슬림이 같이 모여 있는 곳에서
> 살고 있어요. 나는 러시안 혈통이기도 하고,
> 무슬림이기도 하고, 유대인이기도 해요. 그런 게

중요한가요? 중요한 건 사람의 권리예요.

천천히 발길을 돌려 숙소로 향하는 버스에 올랐다. 창 밖으로 보이는 까만 길들을 바라보면서 두브로브니크에 처음 도착하던 날 공항에서 나를 태워 준 택시 기사를 떠올렸다.

'드라군'이라는 이름으로 자신을 소개한 그 남자는 주로 북한과 중국에서 일하던 정부 관리였다. 중국에서 용의 조각상을 보고는 반해서 자신의 별명을 드라군이라고 지었다고.

한국에서 왔다고 하자 유난히 반가워하는 그에게 남한과 북한은 다르다고 짚어 주니, '그 정도는 안다'며, 그래도 자신이 일했던 나라 가까이에서 온 사람이니 가깝게 느껴진다며 너스레를 떨었다. 신호 대기 중에 그는 보라색 꽃이 수놓아진 작은 면주머니를 나에게 건넸다. 자신이 올드타운 외곽에 아파트를 하나 가지고 있는데 네가 다시 온다면 하루에 15유로에 해 주겠다며 한국에 가서 홍보를 좀 해 달란다. 주머니 안에는 성냥 한 갑과 아파트의 주소가 적힌 명함이 들어 있었다.

그 주머니의 수는 우리 어머니가 직접 놓으신 거야. 어때, 예쁘지?

남자는 백미러로 나를 흘깃거리다가 신호 대기 중에
는 고개를 뒤로 돌리기도 하면서 끊임없이 말을 건다. 각
진 모자와 아침에는 정성스레 다렸겠으나 운전석에 오
래 앉아 있느라 구겨진 옅은 하늘색 셔츠, 밝은 금발에 파
란 눈. 그의 얼굴에서 악의를 찾아보긴 어렵다. 과거의 그
는 어떤 관리였을까. 해외 파견까지 갔다고 하니 꽤 고위
직이었음직하다. 영화에서 보듯이 검은 정장을 입고 딱딱
한 얼굴로 서류 심사를 하는 그런 모습이었을까? 지금의
그는 장난스러운 얼굴로 타지에서 온 낯선 이에게 자신의
임대 아파트를 영업하고, 공항에 차를 세워 놓고 외국인
을 기다리며, 호텔 직원에게 깍듯이 인사를 한다. 그리고
이 생활에 만족스럽다고 말한다.

검은 곱슬머리와 파란 눈을 가진, 분쟁 지역에 사는 사
진 속 여자아이와 환하게 웃으며 내 가방을 들어 주는 금
발 벽안의 사나이. 둘의 삶에는 어느 정도의 간극이 있을
까. 세상에는 내가 모르는 것투성이고, 나는 몇 년 동안 모
은 돈을 길에서 허비하면서 그들의 삶을 엿보는 구경꾼일
뿐이라는 생각이 들었다. 그저 아름다울 것 같아서 선택
한 도시에서 머릿속이 복잡해졌다. 숙소에 돌아와 깨끗하
게 정리된 침구에 누워 내일 팁을 놓을 지폐가 있는지를
떠올려 보다가 까무룩 잠이 들었다.

* * *

버스로 세 시간 정도 거리에 있는 몬테네그로는 유럽 최남단의 피오르로, 풍경이 아름답다고 호텔 리셉션에서 추천해 준 곳이었다. 호텔 앞으로 픽업차가 오는데, 버스 안이 모두 커플이거나 가족이어서 어색해하고 있는 찰나, 긴 머리에 통이 넓은 바지를 입은 여자애가 나를 보며 내 옆에 앉아도 되겠느냐고 물었다. 그녀가 하나코였다. 하나코는 일본인으로, 몬테소리 유치원에서 일하는 교사라고 했다.

하나코는 여러모로 '일본 여자'에 대한 내 고정관념을 깨 주었다. 목소리 톤이 높지 않았고 억양도 거의 없었다. 다정했지만 과하지 않았으며, 옷차림부터가 전혀 '일본인스럽지' 않았다. 그 '일본인스럽다'는 생각 또한 내 머릿속 환상에 불과한 것이었을 테지만.

하나코는 영어가 원어민처럼 유창했는데, 일본에서 호주인 남자친구와 오래 연애를 해서 그렇다고 했다. 호주로 이민을 갈까 생각했지만, 남자친구와는 헤어졌고, 공부를 더 해서 해외에서 학위를 따고 싶다고 했다.

그 당시 나는 한국으로 돌아갈 날이 가까워 오면서 불안감에 시달리고 있었다. 하던 일을 그만두고 사비를 털어 여기저기 다니고는 있지만, 재능도 없으면서 그저 시

간만 허비하고 있는 건 아닐까 하는 의심이 들었기 때문
이다. 몇 년 쉴 만큼 쉬었으니 다시 하던 일로 돌아가서
평범하게 돈을 벌면서 사는 게 맞는 게 아닌가, 그런 생각
이 들면서 울적해지던 때였다.

　친한 사이가 아니어서였을까. 나는 버스 안에서 하나
코에게 나도 모르게 고민을 털어놓았다. 하나코가 잠깐
눈을 감았다 다시 떴다.

　　미래는 아무도 모르는 거니까. 일단 하고 싶은
　걸 해 보는 게 맞지 않을까? 나도 전 남자친구와
　결혼 외에는 아무런 생각을 해 보지 않았지만,
　지금은 다른 미래를 꿈꾸고 있잖아. 일본은 너무
　답답해. 나는 다른 나라에서 살고 싶어. 지금은
　이렇게 외국에서 휴가를 보내는 것뿐이지만,
　몬테소리 국제 자격증을 따면, 다른 공부도 하고
　싶어. 난 널 잘 모르지만, 네가 보여 준 사진들은 꽤
　좋은 것 같아. 이따 같이 다니면서 나도 좀 찍어 줘.
　돌아오는 길에 내가 보고 말해 줄게.

　혼자 온 여행객 둘. 버스 안에서 우리는 같은 여자, 같
은 동양인이라는 사실에 동질감을 느끼며 친해질 수 있
었다. 바닷가를 거닐고 코토르(Kotor) 성벽을 같이 오르면

서, 우리는 서로의 과거와 현재를 조금씩 엿볼 수 있었다. 하나코와 온전히 보낸 시간은 그날뿐이었지만, 그 하루는 내 인생에서 변곡점을 그린 날이 되었다.

다시 두브로브니크로 돌아와 올드타운 앞 버스 정류장에서 내린 하나코와 나는 가볍게 포옹을 나누었다. 하나코는 웃으면서 천천히 입을 열었다.

네가 찍어 준 내 사진들이 참 좋아. 몬테소리 얘기를 너무 해서 지겹겠지만, 사람마다 가진 재능이 다 다르다는 게 몬테소리의 기본이거든. 근데 재능은 개발하지 않으면 발견되지 않잖아. 일단 해 보면, 네가 잘할 수 있는지 없는지 알 수 있지 않을까? 항상 응원할게. 난 내일 스플릿으로 가. 즐겁게 잘 지내고, 우리 또 보자.

숙소에 돌아와 메일로 하나코에게 사진을 보내면서 나는 새삼 깨달았다. 사람들의 인정이 중요한 게 아니었다. 진짜 중요한 건 내가 뭘 하고 싶은지였다.

서울로 돌아와 몇 가지 강좌를 찾아 들으면서 꾸준히 영어 공부를 했다. 그러다 우연히 들어간 유학 박람회에서 자체 어학 테스트를 하는 곳을 찾아 2013년 뉴욕에 있는 사진학원 단기 과정에 등록했다. 그곳에서 인생의 스승을 만나고 일생의 친구를 사귈 수 있었다. 미국에서 돌아와서 다양한 일에 도전하다 공부가 더 필요하다는 걸 깨닫고 영국으로 석사 과정을 가기로 결정했다. 이 모든 시작은 하나코의 '해 보지 않으면 알 수 없다'는 말 한마디 때문이었다. 진심어린 응원의 말 한마디가 타인의 인생을 변화시킨다는 것은 경이롭고도 신기한 일이다.

내 안에는 수십 개, 수만 개의 다양한 얼굴이 있다. 나 자신을 만들어 나갈 수 있는 사람은 오직 '나'뿐이다. 유대인이자 무슬림이자 러시아인이면서 분쟁 지역에서 살아가는 크로아티아 여권을 가진 소녀가 자기가 있을 곳을 찾아냈듯이, 고급 관리라는 과거를 버리고 변화하는 정세에 맞춰서 자신의 삶을 새롭게 꾸린 드라군처럼, 그런 용기가 나에게도 있을까 고민하던 바로 그때, 하나코의 말은 숨구멍을 뚫어 주었다.

2018년 뒤늦은 나이에 석사를 마치고 한국으로 돌아온 나에게 반가운 메시지가 와 있었다. 하나코가 옥스퍼드에서 박사 학위를 받았다는 것이었다. 그동안 소식이 뜸하더니 여전히 멋지게 살고 있었구나! '네 덕분에 내 인생이 바뀌었다'는 내 답장에 하나코는 '그건 네가 찾아낸 거야'라고 짧게 답장을 보내 왔다. 환하게 웃고 있는 졸업 사진과 함께.

우리가 우연히 스친 곳은

"뉴욕에는 어떤 일이 일어날지

알 수 없죠.

2013년 여름, JFK 공항에 내려, 뉴욕의 명물 옐로캡을 탔다. 자본주의의 나라답게 택시조차 뒷좌석에 광고가 흘러나오는 모니터가 있었다. 공항을 벗어나 고속도로에 오르자, 모니터 화면이 바뀌더니 긴급 속보가 흘러나왔다. 몇 번가에서 총격 사건이 나서 두 명이 사망하고 현재 그 주변 도로가 폐쇄되었다는 내용이었다. 나도 모르게 "이런!" 하는 소리가 입 밖으로 흘러나왔다. 백미러를 보며 운전하던 택시 기사는 고개를 살짝 돌려 뒷좌석에 앉은 나를 보더니, 뉴욕이 처음이냐고 묻는다. 그렇다고 하니, 그는 고개를 다시 돌려 씩 웃으며 말을 건넨다. "This is New York, Welcome to the city!"

뉴욕에서는 어떤 일이 일어날지 알 수가 없죠. 기대해도 좋아요.

그의 말이 맞았다. 이게 바로 뉴욕이었다. 어떤 일이 일어날지 몰랐다. 미리 부동산을 통해 빌린 아파트에 도착하자마자 발견한 건 바퀴벌레였다. 짐도 못 푼 채 해충 퇴치제를 사러 나가야 했다. 수업 시작 전 이틀을 청소와 약 뿌리기, 간이 책상과 모포 등을 사는 데 다 써 버렸다. 오리엔테이션 당일, 잠을 거의 못 잔 채 정신없이 학원에 도착했다. 강사 소개와 어시스턴트 소개를 마치고 분반을 했다. 내가 속한 반은 A반으로, 총 열다섯 명이었다. 미국인 세 명을 제외하고는 다 유럽, 남미계였고 아시아인은 나와 펄리라는 친구 둘뿐이었다. 싱가포르 출신인 펄리는 대학을 미국에서 나왔기 때문에, 나는 말이 완벽하지 않은 유일한 한 명이 되었다.

'무슨 일이든 벌어질 수 있고 무슨 일이든 할 수 있다'라는 뜻으로 뉴요커들은 '여긴 뉴욕이야!(This is New York!)'라는 문장을 쓴다는데, 내 귀에는 전혀 긍정적으로 들리지 않았다. 오히려 '여긴 뉴욕인데, 네가 감히!'라는 뜻으로만 들렸다. 한 주 수업을 마치자마자 내가 무슨 부귀영화를 누리려고 여기에 와 이러고 있나, 자괴감이 몰려왔다. 남미에서 온 아이들 모두 국제학교를 나와서 원어민같이 영어를 구사했고, 나이도 나보다 족히 열 살은 어려서 대화에 끼기가 쉽지 않았다. 수업을 따라가는 것만으로도 벅찬데, 팀 과제라도 있는 날이면 폐가 되지 않을까 전전긍긍하느라 하고 싶은 말의 십 분의 일도 하지 못했다. 열등생이라는 낙인이 찍히는 것이 두려웠다. 심지어 스튜디오 수업의 이탈리아 강사는 내가 마음에 안 들었는지, 사사건건 시비를 걸었다. 당시 내 카메라 기종을 보고는 "학생인 네가 나보다 좋은 카메라를 쓰네"라면서 대놓고 비아냥거리기도 했다. 내가 그 카메라를 마련하기 위해 얼마나 많은 일을 했는지도 모르면서. 그는 '장비에 집착하는 동양인'이라고 나를 규정하기로 결심한 것 같았다. 내가 제출하는 과제마다 "그 정도 장비를 쓰면 이 정도는 찍어야지"라고 평가를 내리곤 했다. 화가 나서 그다음 과제를 필름 카메라로 찍어서 내면 "직접 현상하지 않은 사진을 자기 것이라고 말하기 어렵다"는 평을 내놓았다. 나는 초대받지 않은 자리에 우격다짐으로 표를 구해 참석한 이방인이었다.

부정적인 평가가 계속되면서 극심한 우울감이 밀려왔다. 어쩌면 정말로 그저 카메라가 좋아서 내가 찍은 사진들이 괜찮아 보인 게 아닐까. 수업을 마치고 집에 돌아오면 자정에 가까웠다. 매일 밤 컴퓨터 앞에 앉아서 멍하니

모니터만 바라보는 날들이 이어졌다. 우연히 선물 받은 카메라를 들고 다니면서 겨우 재미있는 것을, 살고 싶은 이유를 찾았다고 생각했는데 그게 착각이나 망상일 수도 있다는 생각이 들었다.

그렇게 고민만 안고 시간을 보내던 어느 날, 스튜디오 실습을 끝내고 소파에 앉아 있는데, 배가 잔뜩 부른 임신부가 내 앞으로 걸어왔다. "혹시 사진 과정 학생이야?" 내 손에는 무거운 카메라가 들려 있었다. 고개를 끄덕였다. "저기, 혹시 내 사진을 좀 찍어 줄 수 있을까? 내 남편이 두바이에 있는데, 선물로 보내 주고 싶어. 촬영비는 줄 수 없지만……" 그녀의 이마와 목에 땀이 흥건했다. 부푼 배를 안고 숨을 헐떡이며 땀을 흘리는 그녀의 모습을 보니, 왠지 거절하면 안 될 것 같았다. 나도 괜찮다면, 내가 해 줄게. 엘리베이터가 고장이 나서 5층까지 걸어왔다면서 손수건으로 연신 땀을 닦던 그녀는 자신의 전화번호와 주소를 적어 주었다. '살리'라는 이름이 적혀 있었다.

그 주 일요일, 햇살이 무척 뜨거운 날이었다. 살리의 아파트는 브루클린 외곽에 있었다. 장비를 메고 같은 형태의 건물들 번호를 확인하며 집을 찾다가, 어느 집 현관 앞에 웃으며 앉아 있는 살리를 발견할 수 있었다.

살리의 아파트 중 빛이 가장 잘 들어오는 침실에서 사진을 찍기로 하고, 나는 몇 장의 참고 사진을 보여 주었다. 한국에서는 만삭 임신부가 배를 드러내고 사진 찍는 게 유행인데 어떻게 생각하느냐는 내 말에 살리는 못할 이유가 없다면서 호쾌하게 자신의 원피스를 벗어 던졌다. 살리의 부푼 배는 검은 피부와 어우러져 커다란 흑진주처럼 보였다.

아이를 낳는 일은 나와는 거리가 먼 일이었다. 열 달 동안 무언가를 몸속에 품고 살아야 한다는 일이 나에게는, 영원히 도전하지 못할 과제로 여겨졌다. 부른 배를 쓰다듬는 내 모습은 상상해 본 적도 없다. 임신을 한 몸이 조금 무섭게 느껴졌다.

어릴 적 엄마는 나에게 그런 말을 하곤 했다. 생각도 못 했는데 네가 생겼어. 딸이라고 다들 지우라고 했는데, 어릴 때 할아버지가 딸이라고 나를 구박한 게 싫어서 그냥 낳았어. '너를 지우지 않았다'는 말은 무엇을 함의할까. 조금 머리가 커서 타임머신이 나오는 영화를 볼 때마다 생각했다. 과거로 갈 수 있다면, 그때의 엄마에게로 가 말해 주고 싶다. 남들이 반대하는 길을 굳이 갈 필요 없으니 그 아이를 없애도 괜찮다고. 셔터를 누르는 내내 그런 생각이 머릿속을 떠나지 않았다. 나는 지금 여기서 무엇을 하고 있는 걸까. 아니, 나는 여기서 무엇이 하고 싶지? 살

리의 모습이 아름답다고 느끼는 이 감정을 진짜라고 믿어
도 될까.

무섭지 않아?

촬영을 마치고 카메라를 정리해 가방에 넣다가, 나도
모르게 입에서 그런 말이 튀어나왔다. 살리는 어리둥절한
표정이었다.

무섭다니, 뭐가? 미국에서 아이를 낳는 거? 병원비 때
문에? 병원비는 남편 회사에서 내 줄 거야.

아니, 그냥. 아이를 낳는 거. 무언가를 책임진다는 거.
난 그게 무섭거든.

살리는 무슨 말인지 모르겠다는 듯이 내 얼굴을 빤히
쳐다보았다. 어떻게 설명을 해야 할지 몰라 '내가 하고 싶
은 말을 영어로 잘 못 하나 봐'라는 말을 꺼내려는 찰나,
살리가 이해했다는 듯 고개를 끄덕였다.

솔직히 말하면, 무서워. 아이를 낳는 것도, 앞으로 어
떤 미래가 올지도. 아마 힘들겠지. 아이를 키우면서 꿈꿔

온 시나리오 작가가 될 수 있을지도 모르겠어. 그런데, 앞에 뭐가 있을지는 아무도 모르는 거니까.

아주 약간의 침묵. 살리가 나를 가볍게 안아 주었다.

살리의 배웅을 받으며 역에 도착한 뒤, 나는 역 승강장에 한참을 앉아 있었다. 미감이라고는 전혀 없는, 철골재가 다 드러난 뉴욕의 지하철을 멍하니 바라보았다. 공사 때문에 지연된 열차를 기다리면서 문득 깨달았다. 내게 '매끈한 것'에 대한 동경이 있다는 것을. 그리고 그런 것은 결코 나에게 오지 않으리라는 사실도. 누구나 부러워할 만한 멋진 '라이프'를 가질 기회는 이미 지나 버렸고, 앞으로도 나에게 주어지지 않으리라는 것을. 내가 걸어온 길은 뉴욕을 관통하는 지하도처럼, 온통 복잡하고 거칠고 정제되지 않은 그런 것이었다.

뜨거운 열기를 받아 쇠 냄새가 물큰 풍기는 외곽의 역. 승강장 구석에 앉아 나는 내가 기죽어 있던 시간을 그제야 돌이켜보았다. 나는 작은 일에 서러워했고, 사소한 일로 미워하는 마음을 품었고, 별것 아닌 말에 나 스스로를 낮은 자리에 두었다. 어쩌면 나는, 이 도시에 초대받지 않은 손님이었을지 모르지만, 애초에 이 도시는 초대받은 손님만 오는 곳은 아니다.

지하철이 거센 소리를 내며 승강장으로 들어서면서

의자 밑바닥에 버려진 휴지와 먼지가 바람에 휘날렸다. 뉴욕의 지하철은, 매끈하다고는 결코 말할 수 없지만, 백 년이 넘는 동안 어쨌거나 달리고 있다.

아마도 나는 계속해서 '매끈하고 정갈한 것'을 동경할 것이다. 그런 동경과, 어딘가 엉성하고 군데군데 올이 빠진 듯한 내 삶을 같이 가져가는 것이 불가능한 일은 아닐지도 모른다. 조금 거칠어도, 깨끗하지 않아도 괜찮다. 앞으로 나아갈 수 있다면.

길이 몇 갈래인지는 중요하지 않다. 결국 나는 하나의 길만을 선택할 수밖에 없고, 내가 선택하지 않은 길에서 어떤 일이 벌어졌을지는 영원히 알 수 없다. 내가 선택한 길이 옳다고 믿어야만 길 앞에 놓인 돌부리에 채여 넘어지더라도 다시 일어날 수 있는 것 아닐까.

가끔 어딘가로 포트폴리오를 보내야 할 때, 살리의 사진을 꺼내어 본다. 햇살 아래 밝게 웃고 있는 살리, 남편의 메시지를 확인하는 살리, 침대 위에서 자신의 배를 소중히 쓰다듬는 살리. 살리는 지금 어디에 살고 있을까. 시나리오 작가라는 꿈은 이루었을까. 살리의 아이는 어떤 모습으로 자랐을까. 살리에게 메일을 보내 물어볼 수도 있겠지만, 그런 욕구가 들 때마다 나는 꾹 참는다. 살리가 뉴욕이든, 에티오피아의 수도 아디스아바바든, 두바이든,

그녀가 원하는 곳에서 원하는 대로 살고 있다고 생각하고 싶어서. 살리의 사진을 볼 때마다 2013년의 끈적했던 뉴욕의 여름이 떠오른다. 그러고는 혼자, 중얼거린다. 살리는 분명 자신이 하고 싶은 일을 하면서 하루를 보내고 있을 거야.

그럴 거라고 믿는다. 우리가 우연히 스친 곳은 무엇이든 할 수 있다는, 뉴욕이었으니까.

괴물의 그림자를 드리우고

"또 와. 다음엔 언니라고 불러.

2013년 여름, 수업이 없는 일요일이면 오후까지 늦잠을
자곤 했다. 실컷 자고 일어나 샤워를 하고 집을 나와, 유대
인이 운영하는 베이글 가게에서 크림치즈 베이글과 커피
세트를 사서 손에 들고 허드슨강까지 걸었다. 살던 아파
트에서 천천히 걸으면 허드슨강까지 20분 안에 도착할 수
있었다. 햇볕이 내리쬐는 오후의 강가, 조깅을 하거나 그
늘에 앉아서 음악을 듣는 사람들, 아이에게 자전거를 가
르치는 부모들. 나는 그늘 아래 벤치를 하나 골라잡고 앉
아서 이어폰을 귀에 꽂고 먹기 좋을 정도로 살짝 식은 베
이글과 커피를 천천히 먹으면서 강을 바라보곤 했다. 한
주 내내 바쁘게 지낸 나에게 주는 보상이었다.

강가에 앉으면 건너편으로 뉴저지가 보였다. 내가 가 보지 않은 지역의 건물들, 지나가는 사람들의 스치는 얼굴 표정들을 바라보다 보면 한 주간의 일들이 아무것도 아닌 것처럼 느껴지기도, 내가 대단한 무언가를 하고 있는 것처럼 우쭐해지기도 했다.

그렇게 오후를 보내고 나서 워런 스트리트(Warren Street)로 발길을 옮겼다. 워런 스트리트에는 체인 서점 반즈앤노블(Barnes&Noble)이 있다. 반즈앤노블 예술 코너에서 사진집이나 화집을 뒤적거릴 요량이었다. 돌아갈 때 짐이 많아질까 두려워서 책을 많이 사지는 못했지만, 보는 건 공짜니까. 책 구경이나 원 없이 하자는 가난뱅이의 심산이랄까. 그렇게 시간을 보내다 점원이 눈총을 주거나 뭔가 더 읽고 싶어지면 지하철을 타고 스트랜드 서점(Strand Bookstore)으로 자리를 옮겼다. 스트랜드는 내가 뉴욕에 갈 때마다 빼놓지 않고 들르는 장소이다. 켜켜이 쌓인 책들과 책을 고르는 사람들 사이에 서 있기만 해도 기분이 좋아진다. 특히 2층 '예술과 사진' 코너는 몇 시간이고 머무르는 장소이다. 사진 섹션 근처에는 의자가 몇 개 놓여 있는데, 자리가 나길 기다렸다가 눈에 뜨이는 책을 대여섯 권 들고 앉아 배가 고파질 때까지 읽곤 했다. 그렇게 책을 읽다 보면, 만나야 할 사람을 만나게 된다.

그해 여름, 내가 스트랜드에서 만난 사람은 바로 데이비드 워나로위츠(David Wojnarowicz)였다. 데이비드 워나로위츠는 미국 태생의 사진가이자 작가이다. 뉴저지에서 태어나 어린 시절 아버지의 학대를 받으며 자랐고, 어머니에게 맡겨진 후에도 제대로 된 사랑을 받지 못했다. 항상 사랑을 갈구했던 그는 십대에 본인의 성정체성, 동성애자라는 자신의 본모습을 자각하면서 혼란을 겪는다.

　가장 널리 알려진 작업은 〈뉴욕의 아르튀르 랭보〉지만, 내가 제일 좋아하는 것은 〈Untitled〉라는 제목의 작품이다. 천진하게 웃고 있는 밝은 얼굴의 소년, 그의 배경을 글자들이 뒤덮고 있다. '언젠가 이 소년은 자랄 것이다'로 시작하는 글. 사진 속에서 해맑게 웃고 있는 소년은 언젠가 목과 가슴을 휘젓는 낯선 감정을 느낄 것이며, 가족들이 소년을 학대할 것이며, 만약 소년의 머리가 바이러스와 유사하다면 고칠 수도 있다고 의사가 말할 것이라는, 예언 같은 말들이 쓰여 있다. 예언의 마지막은 이러하다.

　"이 모든 일은 1, 2년 안에, 소년이 다른 소년의 벌거벗은 몸 위에 벌거벗은 자신의 몸을 겹치고 싶은 욕망을 느낄 때 시작될 것이다."

　데이비드 워나로위츠는 1954년생이다. 그가 십대였을 1960-70년대의 미국은 동성애에 손톱만큼도 관대하지 않았다. 1945년부터 1964년의 미국은 제2차 세계대전을 승리로 이끈 성취감과 서유럽 시대의 종결로 나라 전체가 급격하게 성장하던 시기였다. 노동자들이 순식간에 돈을 벌어 자동차를 장만하고 가전제품을 사서 집 안을 꾸미던 시기. 대한민국의 1970년대의 분위기와 유사했다. 경제성장과 함께 '행복한 가정'이라는 얼굴을 한 가부장제가 '완벽한 정상'으로 받아들여지던 시대였다. 그런 시기에 자신의 성 정체성을 일찌감치 깨달아 버린, 연약하기 짝이 없는 소년의 웃음. 이 작품을 들여다보고 있으면, 어린 시절 자신의 모습을 돌이켜보며 불행한 미래를 예견하는 어른이 된 워나로위츠의 조소를 읽을 수 있다. 나는 워나로위츠의 책을 한참 뒤적이다가 과거에 만났던 한 얼굴을 떠올렸다.

* * *

2008년의 나는 학원 강사였다. 강남에 있는 대형 학원에서 아이들을 가르쳤고 학원에서 운영하는 출판사에서 책을 만들었고, 학원에서 운영하는 사이트에서 동영상 강좌를 찍었다. 대학시절 아르바이트로 시작했던 강사 일이 직업으로 굳어 가고 있었다. 6년 동안 휴학과 복학을 반복하며 겨우겨우 대학을 졸업하는 동안, 동기들이 바지런히 몰두하던 취업 준비를 전혀 하지 못했고, 교사 자격증을 땄다고는 하나 임용고시를 뒷바라지해 줄 사람도 없었다. 엄마가 내 이름으로 남겨 놓은 빚과 학자금 대출이 산더미였기에 하던 일을 계속하는 것 외에 나에게 남겨진 옵션은 없었다. 근성은 있는 편이라 어떻게든 학원에서 버텨 가며 일할 수 있었고, 하다 보니 동영상 강좌 같은 소소한 가욋일도 들어왔다. 동영상 강의를 찍으려면 적어도 머리는 어떻게든 손질하고 가야 했는데, 머리를 만지는 일에는 영 재주가 없었다. 저렴한 미용실을 찾다가 우연히 들어간 동네 미용실에서, 나는 세계가 만든 틀에서 살짝 벗어난 얼굴을 만났다.

미용실 입구는 어두웠다. 내가 문을 열고 들어가자 주인은 인사도 없이 고개를 휙 돌려 나를 쳐다보았는데, 여길 어떻게 알고 찾아왔느냐는 표정이었다. 각이 진 얼굴에 짙게 바른 아이섀도와 펄이 들어간 빨간 립스틱. 긴 속눈썹을 붙이고 주황빛 블러셔를 칠한 얼굴. 미용실 주인은 영화에서나 봤던 트랜스젠더의 모습이었다.

그냥 드라이만 할 건데요. 너무 튀지 않게.

주인은 고갯짓으로 의자 하나를 가리키고는, 보던 TV의 볼륨을 높였다. 화면에서는 홈쇼핑의 호스트가 가방을 두 손으로 저울질해 가며 소개하고 있었다.

큰 키를 구부리고, 그녀는 롤 빗을 들어 내 머리를 아래부터 하나씩 말아 나갔다. 미용실 안에 침묵이 흘렀다.

근데, 자기는 여기를 어떻게 알고 들어왔어?

지나가다가 보여서요.

근처 살아?

네. 걸어서 한 10분? 우리 집에서 지하철역까지 가는 중간이 여기예요.

머리 손질이 끝이 나고 나는 얼마냐고 묻는다. 주인은 만오천 원, 이라고 짧게 답하고는 이내 시선을 홈쇼핑 화면으로 돌린다. 내가 지갑을 열어서 돈을 꺼내는 동안, 계속해서 화면만 응시하던 주인은, 돈을 받으면서 처음으로 내 눈을 바라본다. 저기, 자기야, 저 가방 두 개 중에 어떤 게 더 나을 거 같아? 나는 나도 모르게 화면을 바라보고는, 검정색보다는 베이지색이 나을 것 같다고 대답해 버린다. 주인은 활짝 웃더니, 자기, 감각이 좋네 하면서 내 손에서 지폐를 채 간다. 그러고는 덧붙인다.

또 와. 다음엔 언니라고 불러.

그녀 말이 아니더라도, 나는 그 미용실에 꽤 자주 가게 되었다. 내가 주로 들르는 시간인 낮에 언니는 대부분 홈쇼핑을 보고 있었다. 주로 보는 아이템들은 가방이나 옷, 화장품, 액세서리였다. 미용실은 항상 어둡고 물건들이 여기저기 흩어져 어지러웠다. 하지만 언니 자신만큼은 머리에서 발끝까지 완벽하게 꾸며진 상태였다. 나는 머리를 감고 드라이를 하는 동안 홈쇼핑을 같이 보면서 언니가 새로 살 아이템을 골라 주거나 괜찮은 인터넷 쇼핑몰 정보를 알려 주곤 했다.

여름에서 가을로 넘어가던 어느 날, 나는 새로 산 구두를 신고 미용실에 들렀다. 해외 사이트에서 구매한, 당시 유행하던 반짝이는 은색 플랫슈즈였다. 내가 미용실 문을 열었을 때 언니는 밥을 먹고 있었다. 나를 보고는 10분만 기다리라고 말하고 다시 고개를 돌려 TV를 보며 밥을 마저 먹는 언니의 등은, 그날따라 더 구부정해 보였다.

머리 감는 의자에 앉아 눈에 수건을 덮은 채 누워 있는데, 언니 목소리가 커졌다. 어머! 신발 너무 예쁘다! 어디서 샀어? 인터넷에서요. 해외 직구 편하게 하는 사이트 찾았어요. 이따 주소 적어 주고 가. 언니는 거품을 씻어 내며 콧노래를 불렀다. 드라이를 하면서 종이에 내가 구두를

산 사이트 이름을 적고 있는데, 언니가 조심스레 말을 꺼
낸다. 있지, 거기 해외 사이트면…… 좀 큰 사이즈도 있겠
지? 나, 발이 좀 커서……. 넌 좋겠다. 발이 작아서 아무거
나 신어도 예쁘잖아.

그때까지 단 한 번도 내 발이 예쁘다고 생각해 본 적이
없었다. 몸에 비해 작은 발 때문에 곧잘 넘어지곤 했고, 학
원 강사를 하면서는 하이힐을 신고 장시간 서 있느라 발
가락뼈가 동그랗게 말린데다 못이 잔뜩 박혀 있었다. 가
끔은 징그러워 보이기까지 하는 내 발을 두고 예쁘다고
말하는 언니 얼굴을 거울을 통해 바라보았다. 거울 속에
는 정말로 누군가를 부러워하는 얼굴이 담겨 있었다. 큰
골격과 커다란 손발은 그녀가 '어떻게 할 수 없는 것', 그
리고 '평생 가지고 가야 할' 그녀 삶의 일부였다. 입 밖에
낸 적은 없지만, 그녀는 자신의 몸과 내면 사이의 간극 속
에서 고통을 겪어 왔을 것이다. 애써 자기만의 세계를 일
궈 왔음에도, '작은 발'을 '여성적'이라고 여기는 사회적
기준을 벗어날 수는 없었다. 나 또한 마찬가지였다. 깨끗
하고 흠 없는 발을 가지지 못한 나 스스로를 부끄러워했
으니까.

내가 무엇을 해야 했을까. 그때, 나는 언니의 상처를
모른 척하는 것으로 상황을 모면했다.

이사를 하고 언니의 미용실에 갈 일이 없어지면서 그녀의 존재는 서서히 내 기억 속에서 작아졌다. 완전히 사라진 줄 알았던 그녀 얼굴이 5년이 지나서야 뉴욕의 한 서점에서 다시 떠올랐다. 자신이 세상에서 말하는 '정상'에 속하지 않는다는 사실을 깨달은 자의 처절한 고독이 워나로위츠 글에 배어 있었다. 그 기록을 발견한 순간, 내내 홈쇼핑이 흘러나오던 어두운 그 미용실의 풍경이 머릿속에서 펼쳐졌고, 내 안에서 익숙한 감정이 번지기 시작했다. 몇 년간 애써 외면해 왔던 감정이었다. 그 여름, 나는 내가 정상적이지 않고, 어디에도 속하지 않는다는 생각에 괴로워하다 못해 이따금 밤에 갑자기 깨어 소리 내어 울기도 했다. 그렇지만 '정상'이라는 것은 누가 정하는 거지? 내가 괴로워하기 전에 먼저 했어야 했던 건 '정상성'에 대해 묻는 일이 아니었을까.

프랑켄슈타인 박사는 자신이 만든 괴물의 모습을 보고 혐오감을 느낀다. '다르다'는 것은, 즉각적으로 저항감을 불러일으킨다. 이상한 존재가 공동체의 평화를 깰 수도 있다는 두려움 때문이다. 그러나 생각해 보면, 살아 있는 모든 것은 다 조금씩 다르다. 나는 누구나 내보이기 싫은 무언가를 마음속에 품고 있다고 믿는다. 사랑하는 사람들이 자신을 싫어할까 봐, 자신이 속한 곳에서 쫓겨날까 봐 숨기고 있는 작은 괴물이.

71

트랜스젠더나 성소수자에 대한 이야기가 뉴스에 보도될 때면 어두운 미용실에서 홈쇼핑을 켜 두고 혼자 밥을 먹던 언니의 그늘진 등이 떠오른다. 낯선 사람들을 만나 사회적인 얼굴로 괜찮은 척을 하고 집에 돌아와 침대에 누워 공허한 기분에 잠을 뒤척일 때마다, 어디에도 속하지 못하고 어두운 밤거리를 헤매던 데이비드 워나로위츠의 초상이 떠오른다.

외로움이란 그늘진 곳에서 움을 트지만 밝은 빛 아래에서 몸집이 더 커지는 법이다. 1970년대 뉴욕 뒷골목에서 하룻밤 묵을 곳을 찾아 헤매던 야윈 소년의 지울 수 없는 외로움, 시장 외곽의 허름한 건물 이 층에 자리한, 조도가 낮은 텅 빈 미용실에서 온종일 홈쇼핑을 연속해서 보고 있던 언니의 외로움. 외로움은 그늘 밑에서야 제 몸집을 숨길 수 있다.

내가 그들의 외로움을 이해할 수 있을까. 외로움이라는 것은 이해의 영역이 아니다. 그러나 가만히 앉아 그들의 낮을 생각하면, 각각의 외로움들이 괴물의 형상으로 번져 나가는 것이 그려진다. TV 화면을 뚫어지게 바라보며 웅크리고 앉아 있던 그녀의 어깨를 한 번이라도 내가 먼저 안아 주었다면, 우리 안에서 숨죽이고 있던 괴물의 그림자가 조금이나마 줄어들지 않았을까.

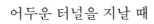
어두운 터널을 지날 때

"이런 일이 벌어졌다고 해서, 달라질 건 없어.

날이 흐렸다. 파리 개선문에 군인들이 열을 맞춰 서 있었다. 도로는 봉쇄되고, 차들이 도로에 줄지어 정차되어 있었다. 경적을 누르는 사람은 아무도 없었다. 개선문을 둘러싼 길에 빼곡하게 들어찬 사람들 모두 움직이지 않고 한곳을 바라보고 있었다. 말도 통하지 않는 관광객인 나로서는 답답한 노릇이었다. 샹젤리제 거리에서부터 사람들이 북적이기에 유명 관광지여서 그런가 보다 생각했는데, 그게 아니었다. 사람들도, 차들도 모두 멈춰 서 있었다. 개선문 가까이로 다가가자 군인들이 죽 늘어선 모습을 볼 수 있었다. 시위는 아닌 것 같고 그렇다고 특별한 행사가 있는 것 같지도 않았다. 주변을 둘러보니 도로변에 경찰차가 세워져 있었다. 무장한 경찰 몇 명이 경찰차에 기대어 수다를 떠는 중이었다. 그들에게 다가가 물었다.

혹시, 영어 할 줄 아는 사람 있나요?

차 안에서 한 남자가 얼굴에 미소를 띠고 튀어나왔다.

무슨 일이죠?

개선문 앞에 왜 군인들이 있죠? 다들 모여서 뭘 하는 거예요?

남자의 어깨가 한껏 올라갔다.

아, 소방관의 장례식이에요. 젊을 때 전쟁에 참여했던 베테랑이죠.

유명한 사람인가요?

유명하다라…… 글쎄요. 하지만 나라를 위해 봉사했죠. 소방관이잖아요. 목숨을 나라에 바쳤으니, 이렇게 예를 갖추는 거예요.

남자는 동료들을 한 번씩 바라보다 나를 보다 연신 싱글벙글 웃는다. 남자에게 고맙다고 인사하고 장례식을 보기 위해 앞으로 나가는 나를 경찰 무리 중 한 명이 에스코트해 주더니 "즐거운 여행이 되기를, 마드모아젤!"이라며 가볍게 내 어깨를 치고 사라졌다.

나는 극심한 질투를 느꼈다. 소방관 한 사람의 장례를 이렇게 성대하게 치러 준다는 사실이 부러웠고, 한국에서 소방관들이 받는 처우를 생각하니 화가 났다. 이 풍경은 프랑스에 대한 호감을 높이기에 충분했다. 2009년, 처음 프랑스를 방문했을 때에 일이다. 언젠가 파리에서 오래 머물자고 결심했고, 그 결심은 2년 뒤 이뤄졌다.

2011년 파리에서 보낸 4주는 즐거운 날들이었다. 6월의 파리는 햇살이 가득했다. 느지막이 일어나 아침 겸 점심을 챙겨 먹고 파리에 있는 미술관과 박물관, 작은 갤러리들을 탐색하고 저녁이 되면 생토노레 거리에 있는 내 숙소, 과거에 하녀 방으로 사용되었다는 작은 방으로 돌아와 가지고 온 소설을 읽거나 친구들에게 편지를 썼다. 가장 많이 갔던 장소는 퐁피두였다. 퐁피두 미술관 안에는 도서관이 있는데, 누구나 들어갈 수 있어서 사진집과 화집을 쌓아 두고는 실컷 보곤 했다.

모딜리아니의 화집을 보고 집으로 돌아가던 어느 날

이었다. 퐁피두 광장을 나와 샤틀레 쪽으로 발길을 틀었
는데, 한 무리의 사람들이 깃발과 푯말을 들고 몰려 있었
다. 확성기를 든 사람의 인도로 사람들은 열을 맞춰 도로
를 점령하고 걷기 시작했다. 경찰들이 달려왔다. 경찰과
시위대 간에 충돌이 일어나는 건 아닐까 걱정이 되었다.

　　나는 시위대를 향해 카메라를 들었다. 경찰들이 과도
한 진압을 했을 때 사진을 찍어 둔다면 도움이 될지도 모
른다는 생각에서였다. 그런데 경찰들은 그들을 진압하러
온 게 아니었다. 경찰들은 도로에 서서 호루라기를 불며
시위대가 다치지 않도록 교통을 정리하기 시작했다. 차들
은 경찰들의 지시에 따라 샛길로 방향을 틀었다. 카메라
를 들고 어리둥절해 있는 나를 보더니 시위대 한 명이 손
짓을 한다. 같이 가자는 의미인 것 같아 그쪽으로 다가갔
다. 확성기를 든 사람이 뭐라고 외치자 다들 그 소리를 따
라 외쳤다. 당시 내가 아는 불어는 스무 문장이 채 되지
않았기 때문에 무슨 뜻인지 알 수는 없었지만, 그들이 들
고 있는 깃발로 미루어 핵 반대 시위로 보였다. 어떤 이
는 우스꽝스러운 가면을 썼고, 어떤 이는 녹색과 흙색의
옷으로 분장을 했다. 시위를 하는 이들과 그들을 지켜주
는 경찰. 흡사 축제 같았다. 나는 다시 2년 전과 같은 질투
심을 느껴야 했다. 물론 기분 좋은 질투였다. 질투와 부러
움에 휩싸인 채 그들과 함께 30분 정도 행진을 하고, 옆에

있던 이들과 안녕의 뺨 인사를 나누고 헤어졌다.

　내가 파리라는 도시에 현혹된 것이 이런 기억들 때문이었을까. 아니, 솔직히 고백하자면, 원래부터도 파리는 내 지적 허영심의 원천인 도시였다. 시몬 드 보부아르와 시몬 베유, 빅토르 위고와 사르트르. 프랑스 대혁명과 68혁명. 누벨바그 영화와 아녜스 바르다. 내가 좋아하는 것들이 죄다 모여 있는 도시가 파리였다. 처음 파리에 발을 디딘 이후로 나는 거의 매년 여유가 생길 때마다 파리행 비행기표를 샀다.

　2015년 11월도 그랬다. 11월은 비수기라 비행기 표도, 숙박도 저렴했다. 게다가 몇 번 가 본 도시라 제법 지리에 익숙해져 싼 호텔을 찾는 요령이 생겼다. 우범지대라고 알려지긴 했지만, 레퓌블리크 광장과 시청, 샤틀레로 한 번에 가는 지하철이 다니는데다 괜찮은 식당이 많은 10구역에 숙소를 정하고, 갈 곳들을 리스트로 만들어 떠날 날만 기다렸다.

　공항에 내려 즐거운 마음으로 택시를 타고 호텔에 짐을 풀었는데, 당시 파리에 거주하던 후배에게 연락이 왔다. 도착했으면 쌀국수를 먹으러 가자는 메시지였다. 장시간 비행에 지친 위에 뜨끈한 쌀국수라니. 더할 나위 없이 좋은 제안이었다. 알았다고 답장을 한 뒤, 후배가 알려 준 장소로 가기 위해 메트로를 탄 시각이 저녁 7시 반이었다.

후배와 시내에서 쌀국수를 먹는 동안, 내가 예약한 호텔에서 걸어서 5분 거리인 식당에서 총격 사건이 일어났다. 파리 테러(Novemver 2015 Paris Attacks)였다.

시내에서 호텔로 돌아가는 길이 아수라장이었다. 후배는 그날 밤은 호텔로 돌아가지 말고 자기 집에서 머물라고 권했지만, 호텔에 두고 온 짐이 있어서 그럴 수는 없었다. 파리에 간다는 걸 알렸던 지인들에게서 안부를 묻는 메시지가 속속 도착했다. 안전히 있다는 답장을 보내고 인터넷을 켜서 상황을 확인하다가 수면제를 먹고 잠을 청했다. 상황은 내가 바꿀 수 있는 게 아니다. 내일 일은 내일 생각하자. 위험에 빠질 때마다 되뇌던 문장이다.

오후 늦게 일어나 인터넷을 켰다. 테러는 여러 곳에서 일어났고 그나마 근처 레스토랑에서 벌어진 총격전이 사상자가 가장 적었다. 생 드니 축구장에 있던 한 생존자는 경찰이 무장을 하고 들어온 이후에야 테러 사실을 알았다고 했다. 사람들은 경찰들이 폭발물을 수색하는 동안 경기장 안에 오래 갇혀 있어야 했다. 그 외에도 거리, 슈퍼마켓, 바에서 무차별 총격이 있었다. 이글스 오브 데스 메탈(Eagles of Death Metal) 공연이 열리던 11구의 바타클랑 극장에서는 인질극과 함께 총격전이 펼쳐졌다. 100여 명이 사망했다는 사실을 나중에 알았다. 스크롤을 내리면서 지금이라도 서울로 돌아가야 하나 고민했다. 더구나 내가 잡은 숙소는 중동계 이민자들이 많이 사는 장소였다. 한 시간쯤 침대에 누워 고민을 하다가 카메라를 들고 나가 보기로 했다.

총격이 벌어진 레스토랑엔 이미 많은 이들이 찾아와 애도를 표하고 있었다. 꽃과 인형과 편지. 그리고 초들이 레스토랑 앞에 쌓여 있었다. 새벽에 내린 비로 꽃들은 젖어 있었다. 이름도 모르는 이들을 위해 정성스레 적어 나간 글씨를, 가지런히 놓인 꽃들과 타다 만 초들을 바라보았다. 몇 장을 카메라에 담고, 근처 슈퍼마켓에서 꽃을 두 송이 샀다. 빈 곳에 가만히 올려 두었다. 지인과, 가족과 즐거운 시간을 보내다 황망히 세상을 떠났을 이름 모를 누군가를 위해서.

루브르 미술관 앞으로 발길을 돌렸다. 루브르 미술관 앞 유리 피라미드 근처는 여느 때보다 한산했다. 근처 카페로 가서 핸드폰을 켜 보니, 파리 시민들이 테러에 굴복하지 않겠다는 의미로 카페에 앉아 '나는 테라스에 있다 (Je suis en terrasse)'라는 문장을 소셜 미디어에 올리고 있다는 기사를 읽을 수 있었다. 조금 더 용기를 내어 레퓌블리크 광장으로 향했다.

자잘한 빗방울이 계속해서 떨어졌다. 우산을 쓰기엔 가늘고 그냥 맞고 걷기엔 부담스러운 빗방울이었다. 버스를 타고 광장으로 향했다. 광장에는 이미 많은 수의 사람들이 마리안(Marianne) 동상을 둘러싸고 있었다. 프랑스의 수호여신이라는 마리안은 '공화국 프랑스'의 가치인 '자유, 평등, 박애'를 상징한다. 그래서일까. 마리안 동상 아래에도 꽃과 인형, 편지, 사진, 초들이 가득 놓여 있었다. 그 앞에 선 사람들은 기도를 하기도 하고, 울먹이기도 하고, 자기가 가져온 물건들을 내려놓기도 했다. 동상의 한 바퀴를 빙 둘러보면서 어떤 것들이 놓였는지 하나하나 살펴보기 시작했다. 두 바퀴쯤 돌고 나서 광장 끝으로 가 멀리서 동상을 다시 한번 바라보았다.

사진을 몇 장 찍고 다시 동상으로 발길을 옮기는데, 악기를 메고 패딩을 입은 노인이 머리를 아프리카식으로 동여맨, 어두운 피부색의 여성 팔을 붙잡고 무언가 말을 하고 있었다. 어린 여성은 슈퍼에 들렀다가 집으로 가는 길인 듯 손에 비닐봉투가 들려 있었다. 봉투 안에는 식료품으로 보이는 것들이 들어 있었다. 옷차림이나 행동으로 보아 동행은 아니었다. 간곡해 보이는 노인의 표정과 멀뚱하게 신 채 어색한 표정을 짓고 있는 젊은 여성의 표정이 대비를 이루었다. 그들의 대화를 엿듣고 싶어졌다. 노인은 말을 마치자 그녀를 꼭 안아 주고는 악기를 다시 고쳐 멘 뒤 반대편으로 사라졌다.

'똘레랑스(tolérance)'는 '관용'이라는 말로 흔히 번역되지만, 실제 느낌은 '포용'에 가깝다. '너와 내가 다르다는 것을 인정'하고 '네가 불이익을 겪는다면 같이 항거하겠다'는 의미. 나는 이 말을 무척 좋아한다. 그날 내가 본 장면은, 내 머릿속에서 똘레랑스로 각색되어, 영화의 한 대사처럼 각인된다.

기죽지 마. 테러는 그저 테러일 뿐이야. 이런 일이 벌어졌다고 해서, 달라질 건 없어. 너는 여전히 파리에 살고 있는 존재야.

나는 그 노인이 어린 여인에게 그런 말을 해 주었다고 믿고 싶다. 아마도 그날, 비 오는 레퓌블리크 광장에 장미꽃과 초를 놓으러 간 사람이라면, 비를 맞으며 슈퍼 봉지를 든 소녀를 꼭 안아 준 사람이라면, 틀림없이 그런 말을 했을 거라고.

이 글을 쓰고 있는 지금, 코로나바이러스19가 팬데믹으로 지정된 지 20개월이 되었다. 불과 2년도 채 되지 않는 시간 동안 세계는 급속도로 변했다. 거대한 전염병 앞에서 가장 두드러지게 드러난 것은 미움과 혐오였다. 처음에는 중국인을 혐오하고, 그 다음에는 동양인을 혐오하기 시작했다. 동양계에 대한 린치가 이어졌다. 지성의 나라라고 자부심을 뽐내던 프랑스에서는 안티 백서들이 그들만의 논리를 펼치며 폭력적인 시위를 하는 영상이 올라왔다. 심지어 파리 대로변에서 백신을 옹호하는 사람들과 안티 백서들이 서로를 때리면서 싸우는 모습을 유튜브로 볼 수 있었다.

파리 테러는 이민자에 대한 보이지 않는 차별과 혐오, 그리고 그에 대한 이민자들의 반동에서 비롯되었다. 미움과 혐오가 낳는 것은 상처와 비극뿐이다.

길고 긴 팬데믹의 터널 안에서, 내가 떠올리고 싶은 것들은 파리에서 보았던 즐거운 장면들이다. 무명 소방관의 명예로운 장례식, 여행자에게 서툰 영어로 소방관의 장례식을 알려 주었던 경찰, 핵 반대 시위대의 안전을 보호하던 경찰들의 수신호, 혼자 거리를 서성이는 이를 기꺼이 무리에 끼워 주던 이름 모를 누군가, 비주를 나누었던 시위대의 따뜻한 볼의 감촉, 타인의 죽음을 진심으로 애도하는 사람들, 비를 맞으며 마리안 동상 앞에서 오래오래 기도하던 이들의 마주 잡은 손, 무슬림인 게 분명한 어린 여성을 포근하게 안아 주던 노인의 가느다란 팔…… 이런 장면들이 있었다.

언젠가 팬데믹이 지났을 때, 우리는 어떤 모습을 하고 있을까. 부디 각자가 만들어 낸 소중하고 아름다운 장면들을 기억하며 작은 미움조차 거둬들일 수 있기를 바란

다. 어두운 터널을 지날 때 필요한 것은 총이 아니라 빛이
다. 우리를 터널 밖으로 인도하는 것은 결국 우리 스스로
만들어 낸 작디작은 불빛들이다.

이 세계에서 여자라는
이방인으로

"인생이란 보시다시피

그렇게 좋지도, 나쁘지도 않습니다.

특이한 양식으로 지어진 잔 다르크 성당(Eglise Sainte-Jeanne-d'Are)은 루앙 시내의 중심이다. 잔 다르크가 재판을 받고 처형을 당한 장소이다. 성당 앞에는 구시장 광장(Place du Vieux Marche)이 있고 바와 레스토랑이 늘어서 있다. 잔 다르크 성당에서 시계탑을 거치면 모네의 연작으로 유명해진 루앙 대성당(Cathedrale Notre-Dame de Rouen)이 나온다. 여름이면 대성당 벽으로 잔 다르크의 생애를 그린 미디어 파사드가 상영된다. 그러나 여름을 제외하면 루앙에 햇빛이 드는 날은 그리 많지 않다. 가을이 시작될 무렵부터, 서늘한 그 길을 오가면서 나는 몇 번이나 속으로 욕을 내뱉었다.

12월의 어느 날, 새벽에 내린 비로 젖은 바닥이 조금씩 말라 갈 때쯤, 성당 근처 단골 카페에 나는 앉아 있다. 영국식 스콘과 디저트, 화이트플랫 같은 영국식 커피와 차를 파는, 완전히 영국 스타일 카페였다. 루앙에 머무는 동안 제일 많이 들렀던 장소이다. 프랑스어로 주문조차 하고 싶지 않다는 생각이 들 무렵부터 그 카페를 가곤 했다. 외국어가 어느 정도 들리면서 시작되는, 언어 차별의 차갑고 냉정한 감각. 그게 싫었다. 그 카페에 가면 마음이 좀 놓였다. 브렉시트(Brexit)가 쟁점화되면서 많은 영국인이 다른 유럽으로 떠나기 시작했는데, 도버 해협 주변 도시들에 영국식 카페를 여는 이들이 많아졌다. 노르망디 지역은 친영국 성향이 강한 동네이기도 해서, 루앙 시내에도 영국식 카페들이 제법 있었다. 주문을 할 때 프랑스어를 틀려도 된다고 생각하면 마음이 가벼워졌다. 그래서 크리스틴과 만날 장소도 그 카페로 정했다. 내가 하고 싶은 말을 좀 더 편하게 하고 싶어서.

크리스틴은 내가 다니던 프랑스어 학원의 강사였다. 루앙에서 태어나서 루앙에서 대학까지 나온 토박이였다. 크리스틴의 아버지는 베트남과 중국의 혼혈, 어머니는 태국과 캄보디아의 혼혈로, 베트남 전쟁 때 프랑스로 망명 온, 이른바 '보트 피플'이었다. 둘은 프랑스에서 만나서 결혼했고 크리스틴을 낳았다. 크리스틴은 고등학교 동창인 지금의 동거인과 딸아이를 낳고 루앙에서 쭉 살고 있다. 그녀는 내가 다니던 학원에서 가장 열성적으로 가르치고, 학력도 가장 높았지만, 매 시간마다 새로 온 학생들에게 "프랑스인이에요?" 혹은 "왜 프랑스어를 가르치죠?"라는 질문을 들어야 했다. 그럴 때마다 크리스틴은 "전공이 프랑스어고, 자격증이 있으니까"라는 말로 간단하게 답했다. 그들이 못 알아들을까 봐 아주 천천히, 쉬운 프랑스 단어를 골라서.

영국에서 한국으로 돌아와 개인전을 마치고 바로 프랑스로 향했다. 개인전을 준비하는 동안 어학연수 준비를 했다. 유학원에서는 파리보다 작은 도시로 가는 것이 외국어 습득에 좋을 거라면서 루앙을 추천했다. 잔 다르크가 화형을 당한 도시, 그리고 아녜스 바르다가 사랑한 노르망디 바다가 있는 곳. 모파상과 플로베르, 아니 에르노의 도시. 학원비가 좀 비쌌지만, 파리보다 집세가 저렴하다는 이점도 있었다. 나는 주저 없이 루앙에, 정확히는 루앙 근교에 위치한 사립 학원에 등록했다.

그곳에서 무엇을 배웠나. 내가 배운 것은 프랑스인에 대한 회의감이었다. 무언가를 배우면서 그 학원에서 받은 스트레스보다 더 큰 스트레스를 받은 적이 없었다. 학원

과 커넥션이 있는 집주인은 나라에서 학생에게 제공하는
혜택인 주택보조금 알로까시옹(allocation)을 착복했고, 내
가 살던 스튜디오를 말없이 다른 사람에게 팔아 버려 근
한 달을 학원과 싸워야만 했다.

예민해지지 않을 수가 없었다. 학원 선생들이나 직원
들이 한국 학생들을 '만만한 돈주머니'로 취급하는 것 같
다는 생각에 시달렸다. 내가 다녔던 학원은 제과제빵을
배우러 오는 한국인, 자매결연을 한 일본 대학에서 오는
단기 유학생, 프랑스어 수료증을 따려는 독일어권 스위
스인들이 주를 이뤘다. 루앙에는 꽤 유명한 국립 제빵학
원이 있는데, 제빵학원에 가려면 프랑스어 자격증 B1을
취득해야 한다. 그런데 희한하게도 한국 학생들은 장기
로 등록을 시키고, 다른 국적 학생들에 비해 승급을 잘 시
켜 주지 않았다. 알고 보니, 이 학원은 그 제빵학원과 연계
가 되어 있어 B1을 취득하지 않아도 자체 시험을 통해 제
빵학원에 입학시켜 주는 경우가 있었고, 그걸 믿고 학원
은 한국 학생들에게 비싼 기숙사나 말도 안 되는 지역에
있는 홈스테이를 소개해 주거나 승급을 늦게 시켜 주었던
것이다. 매주 월요일에 학원 게시판에 승급 여부를 알리
는 공고가 붙었는데, 나와 같이 시작했던 브라질 친구와
독일 친구가 먼저 상급반으로 올라가면서 "왜 너는 같이
안 올라가지?" 하며 의아해했다. 나와 실력이 비슷했던

브라질 아이가 "너 말은 잘하는데, 글은 못 쓰나 봐?"라며 나를 무시하기 시작했다. 학원에 항의했으나 완벽한 무시만 돌아왔다. 학원을 옮기고 싶어도 환불도 불가능했다.

모든 사실을 알게 된 것은, 집주인이 전기요금 고지서를 발급해 주지 않았던 일에서 시작되었다. 루앙에서 프랑스어 자격증 B1을 따고 파리로 넘어가 파인아트 단기과정을 밟는 게 원래 계획이었는데, 유학원에서 실수로 체류 기간을 짧게 신청해 버린 것이다. 유학원 원장은 이미 발급된 비자를 무를 수는 없으니, 일단 어학 자격증을 따고 파리로 옮겨서 비자를 다시 신청하면 된다고 설명했다. 파리에서 더 오래 머물기 위해서는 현지에서 자격증을 딴 뒤 체류 연장 신청을 해야 했다. 그러려면 언어 자격증과 집세 영수증, 전기요금 영수증이 필요했다. 그런데 집주인은 나에게 돈만 받아 갔을 뿐 영수증을 준 적이 없었다. 게다가 다섯 달이 지나도록 학생들에게 주는 집세 보조금인 알로까시옹이 지급되지 않았다. 아무리 행정처리가 늦은 프랑스라고 해도 이상하다 싶어 겸사겸사 집주인에게 전기요금 고지서를 요청하고 시내에 있는 주민센터 같은 곳에 가서 알로까시옹에 관련된 사항을 문의했다. 그러다 알게 되었다. 집주인이 학원과 짜고 사기를 쳤다는 사실을.

루앙에 도착하고 얼마 지나지 않아 수업 중에 학원에

서 내 여권과 서류를 가지고 집주인과 주민센터로 가라고
한 적이 있었다. 그때 주민센터 직원이 뭘 묻기에 내가 통
역을 요청하자 집주인이 무조건 '네(Oui)'라고 말하라고
시켰는데, 그게 사달이었다. 도착한 지 일주일이 안 되어
체류증이 안 나왔을 때라 체류증을 받기 위한 절차라고
생각했던 일이, 알고 보니 내 알로까시옹을 집주인의 계
좌로 바로 입금하고 대신 월세를 저렴하게 내는 일에 나
도 모르는 사이에 동의를 하게 된 것이다. 물론 월세는 저
렴해지지 않았다. 학원 부원장에게 알로까시옹에 대해 문
의했을 때에도 그들은 기다리라는 말만 반복했는데, 알면
서 모르는 척했던 것이다. 이런 일이 한두 번이 아니었다
는 사실도, 다른 장소에 가서 사기를 치기 위해 집주인이
임차인인 내 동의 없이 다른 이에게 집을 팔아 버렸다는
사실도, 내가 주민센터에 법무사를 고용해 찾아간 뒤에야
알게 되었다.

　나는 곧장 학원에 이의 제기했다. 모든 사건의 핵심에
는 부원장 말라카가 있었다. 당연히 그녀가 나를 도와줄
리 없었다. 집주인에게 돈을 받아 주든지, 남은 보증금을
돌려주든지, 문제를 해결해 달라고 사무실을 매일같이 찾
아가자 나에게 친절했던 강사들도 하나둘 나를 불편해하
기 시작했다. 영어와 불어로 각각 장문의 편지를 써서 이
의 제기를 했지만, '더는 너와 이야기하기 싫다'는 답변만

돌아왔다. 비자 기간이 얼마 남지 않은 외국인이 할 수 있는 것은 없었다.

학원을 안 나가기로 결심하고 루앙 도서관에서 도서관 카드를 만들었다. 오기가 생겼다. 혼자 공부해서 자격증을 따고 말리라. 파리에서 수업을 듣는 것은 포기. 남은 기간 동안 자격증을 따는 것에만 집중하자. 이런 일을 겪었으니, 하나라도 얻어 가는 게 있어야 했다. 오후 한 시부터 다섯 시까지, 매일같이 도서관에 앉아서 한국에 있는 친구에게 부탁해서 받은 프랑스어 자격시험 문제집을 풀었다.

학원에 나가지 않은 지 몇 주가 지났을 무렵, 크리스틴에게 메시지가 왔다. 다른 학생으로부터 이야기를 들었는데 괜찮은지를 묻는 메시지였다. 처음으로, 이 타지에서 누군가가 나를 걱정해 준다는 생각이 들어 나도 모르게 눈물이 나왔다. 괜찮다고 답장을 보냈는데, 자신은 일요일 낮에 시간이 있으니 하고 싶은 말이 있으면 연락하라는 답장이 돌아왔다. 어쨌거나 크리스틴은 학원의 직원이고, 폐를 끼치고 싶지 않았지만, 물러진 마음은 내 단골 카페의 주소와 약속 시간을 크리스틴에게 보내고 있었다.

크리스틴이 예의 밝은 미소로 카페로 들어온다. 나는 커피를, 그녀를 위해서는 허브티를 주문하고 다시 자리에 돌아와 앉는다. 지금 혼자서 공부를 하고 있고 루앙 시내의 알리앙스 프랑세즈에서 시험 신청을 했다고 하자, 크리스틴은 시험 전에 쓰기와 말하기 테스트를 도와주겠다고 제안했다.

고맙긴 한데, 너는, 거기 직원이잖아. 문제가 되지 않을까?

내가 거기서 일을 하긴 하지만, 그렇다고 학원의 모든 결정에 다 동의하는 건 아니야. 몰랐다면 얘기가 다르겠지만, 나는 지금 부원장이 너에게 하는 일이 옳다고 생각하지 않아.

우리는 만날 날짜를 정하고 가벼운 이야기들로 대화 주제를 옮긴다. 수다를 실컷 떨고 카페를 나와 버스 정류장으로 향하는데, 얼굴에 피어싱을 주렁주렁 매단 키 큰 백인 남자가 갑자기 우리에게 다가오더니 손가락 두 개를 브이 자로 만들어 그 사이로 혀를 내미는 행동을 취하고는 킬킬대며 사라진다. 크리스틴과 나는 동시에 서로의 얼굴을 보며 한숨을 쉬었다.

시험을 이틀 앞두고 크리스틴이 내 스튜디오로 왔다.

내가 써 둔 글들을 하나하나 수정해 주고, 예상 문제를 뽑아 주기 위해서였다. 시험 대비책을 꼼꼼하게 알려 준 크리스틴이 더 묻고 싶은 것은 없냐고 물었다. 나는 루앙을 떠나기 전에 다큐멘터리 영상과 사진 작업을 하고 싶은데, 모델이 되어 줄 수 있겠느냐고 물었다. 사실 네가 수업 시간에 스위스 학생들로부터 무례한 질문을 받는 것이 매우 불편했다고. 이런 이야기를 영상으로 만들어 보고 싶다고. 크리스틴의 눈이 반짝 빛났다. 그럼 시험을 치르고 나서 그때 만났던 카페에서 보자.

시험을 마친 주의 토요일, 약속한 시간에 크리스틴은 예쁜 털모자를 쓰고 웃으며 나타났다. 크리스틴을 보자마자 기분이 좋아졌다. 녹음기를 켜고 카메라를 세팅했다. 크리스틴이 카메라를 똑바로 응시한다.

나는 루앙에서 태어났고, 여기서 자랐어. 그런데 사람들은 자꾸 나에게 물어. 어디서 태어났어? 매번 이 질문을 들어야 하지.
우리 부모님은 아시안이지. 나도 아시안이야. 그렇지만 나는 프랑스인이기도 해. 내가 왜 나를 증명해야 하지?
내 동거인과 어떻게 만났냐고? 우린 중학교

동창이었어. 같은 학교에 다녔는데, 계속 연락이
오더라고. 비슷한 음악을 좋아해서 말이 잘
통했어.제일 좋은 점? 나를 잘 이해해 주는 거?
우리 딸 중간 이름이 Tam이야. 내 아빠의 성이지.
이걸 내 딸에게 쓰는 일이 나에게는 정말 중요한
일이었는데, 그런 것들을 지지해 줬어. 나는 서류
작업 같은 거 잘 못하거든. 세금을 내거나 그런
일들. 그런데 그런 것도 걔가 다 해. 서로 잘하는 걸
하고 못하는 걸 도와주고. 그런 게 잘 맞는 거 같아.
　　나는 격투기를 배우고 있어. 딸을 지키기
위해서야. 내 딸은 동양인에 좀 더 가까운 외모야.
엄마가 강한 사람이라는 걸 보여 주고 싶어.
우리가 계속 여기에 산다면, 아마 그 아이도 나와
비슷한 일을 겪겠지.
　　지금은 많이 나아졌다고는 하지만, 차별이 있는
건 사실이고, 나는 내가 내 딸을 지킬 수 있다는
자신감을 갖고 싶어. 격투기를 할 때마다 점점
강해진다는 걸 느끼기도 하고. 의외로 내가 재능이
있거든. 하하, 네 말이 맞아, 난 정말 열심히, 잘
가르치지. 격투기에도 그만한 재능이 있다니까.
　　사실은 너랑 이런 이야기를 할 수 있어서
기뻐. 그동안 이런 이야기를 나눌 사람이 거의

없었어. 그날 우리가 카페를 나와 같이 겪었던 일, 여기 살면서 수도 없이 겪는 일이야. 여기 사는 사람들이 다 나를 아는 건 아니니까. 근데 그거 알아? 파리에 놀러 가면 나한테 영어 팸플릿을 준다니까? 분명히 내가 프랑스어로 말했는데.

나도 비슷한 일 있었어. 루앙 역 안에 있는 카페테리아 있잖아. 거기 나이 든 백인 스태프는 내가 프랑스어로 주문하면 못 들은 척하거나 영어로 다시 물어봐. 분명 내가 프랑스어로 주문했는데!

내가 비아냥대자 크리스틴이 웃음을 터트렸다. 마치 약속한 것처럼 우리는 동시에 웃음을 그치고는 동시에 한숨을 쉬었다.

있잖아, 프랑스 혁명의 3대 이념이 자유, 평등, 박애잖아. 근데 대체 평등하고 박애는 어디로 간 거야? 프랑스 대혁명 때 아시아 사람들은 참여 안 했다고 차별하는 건가?

하하, 넌 역시 엉뚱해. 내 고향이니까 변명하자면, 여긴 작은 도시야. 좋은 사람들도 많지만, 아무래도 보수적이지. 지내 봐서 알겠지만, 대부분이 백인이잖아. 아시안

들에게 익숙하지 않은 거야.

대도시로 가고 싶지는 않아?

음…… 난 여기가 좋아. 내 고향이기도 하고.

　내가 그녀였다면, 일상에서 겪는 온갖 불편함에 대해서 그렇게 의연하게 대처할 수 있었을까. 자신의 존재를 매번 증명해야 하는 일을 마주하면서도, 불평하기보다는 답을 찾으려고 애쓰는 일을 매일 해 나가는 크리스틴이 대단해 보였다. 나에게 세상에 맞서 싸우는 여전사의 모습을 그리라고 한다면, 크리스틴의 모습으로 그리고 싶다. 항상 미소를 띠고 타인에게 애정을 보내면서 자신을 지키는, 단단하고 따뜻한 사람.
　크리스틴을 인터뷰한 뒤 나는 시험 결과만 기다릴 게 아니라 이왕 노르망디에 온 김에 내가 좋아했던 작가들의 작품에 나온 장소들을 찾아다니기로 했다. 르 아브르(Le Havre), 에트르타(Étretat), 디에프(Dieppe), 생 따빈 수르 메르(Saint-Aubin-sur-Mer), 깽(Caen) 그리고 덩케르크(Dunkerque).
　갈 곳들을 메모하고 여행 계획을 세우면서 곰곰이 생각해 보았다. 내가 계속해서 낯선 곳을 떠도는 이유를. 현실을 도피하기 위한 게 아니라고 말할 수 없었다. 이제는 도피가 아니라 도전이 필요한 때 아닐까. '한국으로 돌아가기 전에 할 수 있는 것들을 최대한 하자.' 나는 그날 밤 일기에 그렇게 적었다.

디에프(Dieppe)에서 페캉(Fécamp) 사이에 있는 보고트 절벽은 모파상(Guy de Maupassant)의 《여자의 일생(Une Vie)》 배경이 된 곳이다. 원제 '인생'을 왜 굳이 '여자의' 일생이라고 번역했는지 모를 일이지만, 소설 속 보고트 절벽에서 비극적인 사건이 벌어진 것처럼, 디에프 해변은 어쩐지 서글픈 느낌을 준다. 한참을 앉아서 파도가 밀려오고 밀려 나가는 걸 바라보고 있다가 소설의 마지막 문장을 떠올렸다. 아들이 버리고 간 손녀를 귀여워하는 주인공 잔에게 하녀 로잘린이 하는 말이다.

"있죠, 인생이란 우리가 생각하는 것처럼 그렇게 좋은 것도 나쁜 것도 아닌가 봅니다."*

이런저런 생각을 하며 발끝으로 조약돌을 헤집고 있는데, 크리스틴에게 메시지가 온다. 짐을 정리하면서 작은 가구와 식기, 옷 따위를 크리스틴에게 남겼는데, 내가 준 물건들로 집을 꾸민 사진이다. 답장을 쓰려는데 사진한 장이 더 전송된다. 바닷가에서 크리스틴과 크리스틴의 딸이 환하게 웃고 있다. 반가운 마음에 얼른 답장을 보냈다. '나도 지금 바닷가에 있는데. 디에프에 있어.' 웃는 얼굴의 이모티콘과 다시 메시지가 온다. '다음에 네가 다시 오면, 그땐 같이 바다에 가자.'

　나는 바지에 묻은 흙을 털고 다른 바다를 보기 위해 출발한다. 다음번에는 크리스틴과 함께 바다에 올 수 있다. 바다를 함께 바라보면서 우리는 어떤 이야기를 나누게 될까. 막다른 골목에 처했다는 위기감을 느꼈을 때, 그녀가 힘껏 내민 손을 내가 선뜻 잡을 수 있었던 것은 우리에게 같은 피가 흐르고 있었기 때문일 것이다. 피부와 언어, 고향과 국적을 넘어 우리는 이 세계의 이방인으로서 항상 같은 세계에 있었다. '여자'라는 공통의 피가 흐르는 동족으로서.

* "La vie, voyez-vous, ça n'est jamais si bon ni si mauvais qu'on croit".
Guy de Maupassant, 《Une Vie》, 1883

히말라야에서 너를 보낸다

"애쓰지 마. 넌 너대로가 좋아.

"언젠가 너랑 같이 히말라야에 가고 싶어."

H가 안나푸르나에 다녀온 후에 말했다. 너무 힘들지 않을까? 심드렁한 내 대답에 H는 눈을 흘겼다. "이 언니가 셰르파랑 다 수배해서 넌 기어 올라가기만 하면 되는데, 뭐가 힘드냐?" 알았어, 알았어. 나중에 같이 가자. 흘리듯이 한 약속이었다. 하지만 내심 언젠가 우리가 히말라야에 같이 갈 수 있으리라 믿었다. 일 년에 한두 번 만나는 사이지만, 15년 동안 H는 내가 가장 믿을 수 있는 사람, 가족보다 더 신뢰하는 사람이었다.

2015년 1월, 발리에서 부탄을 거쳐 태국을 여행하고 돌아올 계획을 세웠다. 전해 12월에 전시 하나를 마치고 바로 출발하는 여정이었다. 부탄은 미리 정부에서 여행 허가를 받아야만 갈 수 있다. 여행 준비와 전시로 12월 내 내 정신이 없었다. 전시를 열어 놓고 전시장을 지키고 있 는데, H에게서 전화가 왔다. 아이를 데리고 보러 온다는 거였다. 그해 가장 추운 날이었다. 밖이 너무 추워. 여기 난방도 잘 안 되고. 전시 마치고 여행 다녀와서 바로 집으 로 놀러 갈게.

H의 목소리가 바로 불만으로 가득 찼다. 겨울이라고 아이랑 집에만 있으려니까 갑갑하다는 거였다. 하기야 결 혼 전까지 항상 일 때문에 바쁘던 사람이었으니 그럴 만 도 했다. 그렇지만 갓 돌 지난 아이를 데리고 먼 길을 왔 다가 아이가 감기에 걸리기라도 하면 미안해질 것 같아 여행에서 돌아오자마자 만나자며 약속 날짜를 잡고 전화 를 끊었다.

그리고 출발 당일, 비행기가 뜨기를 기다리고 있는데 전화기에 H의 이름이 떴다. 여행 가는 날짜를 제대로 말 해 주지 않았는데, 어떻게 알고 연락을 했나 싶어 반갑게 전화를 받았다.

뭐야, 내가 말 안 했는데 어떻게 알았어?

전화를 건 이는 H의 남편이었다. H가 어젯밤 병원으로 실려 갔고 몇 시간 전에 사망 선고를 받았다고 했다. 그녀의 남편은 어느 병원 장례식장 몇 호라는 말을 남기고는 전화를 걸 데가 많아서 이만, 이라며 황급히 전화를 끊었다. 기내에서는 곧 이륙하니 휴대폰 및 전자 기기를 꺼 달라는 안내 멘트가 흘러나왔다. 발리로 가는 비행기는 난기류를 만나 미친 듯이 흔들렸고, 나는 비행시간 내내 울어 댔다. 옆자리가 비어 있었던 게 다행이라면 다행이었다.

발리 공항에 도착해서 예약해 둔 택시를 타고 우붓으로 향했다. 밤에 혼자 택시를 타고 우는 일은 위험할 거 같아 꾹 참다가, 호텔에 도착해 짐을 풀자마자 다시 침대에 누워 울기 시작했다. 인간의 몸에 수분이 이렇게 많구나. 울면서 생각했다. 나는, 이 순간에도 내 안전을 먼저 생각하는구나. 한심했다. 장례식은 어떻게 되었을까. 시차를 계산해 H의 번호로 다시 전화를 걸었지만 아무도 받지 않았다.

이틀 동안 호텔 밖을 나가지 않고 자다가 울다가를 반복했다. 호텔 주인은 내가 밖에 나오지 않자 겁이 났는지, 아침마다 내 이름을 불러 생사를 확인했다. 사흘이 지나자 마음이 좀 가라앉았다. 퉁퉁 부은 눈을 차가운 물을 적신 수건으로 덮어 가라앉히고 호텔 내에 있는 레스토랑에 앉아 음식을 주문했다. 극한 슬픔에 빠져 있을 때에도 때가 되면 배가 고프다니. 인간의 감정이란 얼마나 하잘것없으며 인간의 몸이란 얼마나 정직하고 집요한가.

마음을 추스르고 다시 전화를 걸어 봤지만, 여전히 아무도 받질 않았다. H와 나는 자취 시절 옆방에서 살던 사이로 만났기에 공통 친구가 없었다. 이십 대 시절에는 서로의 친구들과 어울려 놀기도 했지만, H가 결혼을 하고 바로 아이를 낳은 이후로는 둘만 따로 만났던지라 수소문할 데도 마땅히 없었다. 그녀의 남편이 혹시 핸드폰을 확인하지 않을까 싶어 연락을 달라고 문자 메시지를 남겼지만, 감감이었다.

발리에서의 일주일을 그렇게 보냈다. 이대로 모든 일정을 포기하고 돌아갈까도 생각해 봤지만, 돌아간다고 해도 장례식은 이미 끝났을 테고, 부탄 여행에 대한 허가증을 연기하는 일도 번거로워서 결국 부탄으로 떠나기로 마음먹었다.

그녀가 말한 안나푸르나는 아니지만, 히말라야 동쪽에 있는 나라. 그 땅에 가서 H를 애도하고 싶었다. 이제 우리가 같이 갈 일은 일어나지 않을 테니까. 구소련에서 사 왔음직한, 러시아어 안내문이 붙어 있는 낡은 비행기에 몸을 싣고 히말라야의 동쪽으로 향했다.

* * *

　부탄에 군주제가 성립된 것은 1907년이다. 고대 기록은 지진과 화재로 대부분 소실되었고, 현재 5대 국왕인 지그메 케사르 남기엘 왕축이 통치하고 있다. 선왕이었던 지그메 싱계 왕축이 구상한 민주화 정책을 2008년 즉위하면서부터 펼쳐 오고 있다. 지그메 케사르 남기엘 왕축은 민주주의를 반대하는 관료와 국민을 설득하여 입헌군주제를 관철시킨 인물로 '가장 이상적인 왕'으로 언론에 보도된 바 있다. 그래서인지 부탄은 '지구상에서 가장 행복한 나라'라고 알려져 있는데, 국내총생산(GDP)이 아니라 '국민총행복지수(Gross National Happiness)'를 정책의 목표로 삼는다는 부탄 정부의 발표를 국내 언론들이 앞다투어 보도하기도 했다.

　그래서인지 '가난해도 행복한 나라'로 부탄을 묘사하는 여행기들이 범람한다. 부탄의 입헌군주제와 함께, 지그메 케사르 남기엘 왕축을 찬양하는 기사들도 많다. 나만 해도 여행을 준비할 때만 해도 '가난해도 행복한 나라'라는 수식어에 혹한 사람 중 하나였다. 그러나 직접 가서 보니 부탄이라는 나라는 단순히 '가난하지만 행복한 나라', '이상적인 정치제도'로 간단히 압축하기 어려운 곳이었다.

부탄은 외국인 여행객 수를 매년 정해 놓고 그 이상은 받지 않는다. 환경과 문화를 보호하려는 목적이다. 통신 및 전기 등 대부분의 인프라를 인도에서 가져오기 때문에 인도인의 경우에는 다르게 적용되겠지만, 그 외의 국적이라면 부탄 정부에서 허가를 받은 여행사에 여행 신청을 하고 관광 비자를 발급받아야 입국할 수 있다. 가이드 고용은 필수이다. 내국인과의 접촉도 여행객에게는 제한된다. 수도인 팀푸 시내를 찍고 싶다는 내 부탁에 가이드 왕모는 한 시간 정도 여유를 주면서 어디까지는 혼자 다녀도 괜찮다고 허락했지만, 그 이외에는 가이드와 동행해야 한다고 했다. 가이드 없이 여행객이 다닐 수 있는 시기는 여름 축제 때만 유일하다고. 이후 부탄에 다녀온 러시아 국적의 사진가를 만난 적이 있는데, 그의 말로는 부탄인으로부터 초청장을 받아서 입국하면 자유롭게 다닐 수 있다고 한다. 초청 비용을 댈 수 있는 부탄 사람이라면 고위 계층일 테니. 인간 세상에서 계급은 사라지지 않는 유령인 셈이다.

여행 동선도 자유롭게 짤 수 없다. 미리 일정표를 보내 주면서 꼭 가고 싶은 곳이 있느냐고 묻기는 하지만, 여행사에서 짜 주는 대로 다녀야 한다. 내가 꼭 가고 싶었던 곳은 탁상 사원(Tiger's Nest Monastery)뿐이었고, 이미 일정에 포함되어 있었기에 가이드 왕모를 믿고 따르기로 한다. 차로 이동하는 동안 왕모는 부탄의 역사 및 왕과 왕비의 러브 스토리, 자기네 문화에 대해 장황하게 설명을 늘어놓는다. 외국인을 상대하는 가이드라는 자부심이 대단하다.

표준어는 종카어지만, 거의 대부분의 부탄인들이 영어를 사용해. 학교에서도 영어로 수업하니까. 난 인도에서 대학을 나왔어. 관광 관련 학과야. 어릴 때부터 공부를 잘했거든. 결혼? 아니. 난 독신이야. 팀푸에서 내 나이에 독신이라는 건 능력이 있다는 걸 뜻하지.

나보다 한 살 위라는 왕모는 내 나이를 듣더니, 그럼 내가 네 '언니'구나, 한국 드라마에서 봤어, 이제 언니라고 불러, 라며 키득거렸다. 인터넷이 발달하면서 한국 드라마를 보는 사람이 늘어났다고 한다. 왕모는 지난번 한국 관광객이 선물해 준 거라며 한국 화장품을 들이밀었다. 이게 좋은 거야? 나는 고개를 끄덕인다. 왕모가 만족스러운 웃음을 지을 수 있도록.

부탄의 결혼제도는 복혼(複婚)제다. '다부다처(多夫多妻)'라고 할 수 있을까. 도시 지역에서는 일반적으로 일부일처제를 택하지만, 남녀 모두 이혼이 자유롭고, 결혼을 한 상태로 다른 가정으로 옮겨 갈 수도 있어 엄밀한 일부일처라고 보기는 어렵다고 한다. 일손이 많이 필요한 농경 지역에서는 아이를 많이 낳아야 하기 때문인지, 한 남자가 자매와 결혼하기도 하고, 산에서 살거나 유목을 하는 경우에는 한 여자가 형제와 결혼하기도 한다.

그럼 임신했을 때 누구 아이인지 어떻게 알아?

내 어리석은 질문에 왕모가 키득거린다.

여자는 알겠지. 그런데 그게 무슨 상관이야? 어차피 형제 간이면 같은 피일 텐데.

싸우지 않을까?

싸우는 집도 있지. 근데 결혼이라는 게 어차피 재산권을 지키려고 하는 거잖아. 형제자매 간에 싸워 봐야 얼마나 싸우겠어.

아이 교육 문제라든가, 싸울 이유야 얼마든지 있잖아.

우리는 학교가 공짜야. 똑똑하면 인도 유학도 나라에서 보내 주고. 대학에 가길 원하면 누구든 갈 수 있어. 아이 교육에 대해서는 걱정할 필요가 없지.

그래서 이혼도 쉬운 건가?

시골에선 흔치 않아. 하지만 도시에서는 가능하지. 우리 가이드들 중에도 아버지가 둘인 사람, 어머니가 둘인 사람 많아. 결혼하지 않고 아이만 기르는 커플도 있고.

동성애는 어때?

결혼을 인정하진 않지만, 둘이 사는 데에는 지장 없어. 싫어하는 사람도 있겠지만, 금지된 건 아니야.

H는 엄격한 시골 집안에서 외동딸로 태어났다. 어릴 때부터 잘난 오빠들에 치여서 항상 완벽해야 된다는 강박이 있었고, 좋은 직업을 가진 남자와 결혼해야 한다는 아버지의 은근한 압박에 시달렸다. 그러고는 30대 초반에 만난, 파혼해야 마땅한 남자와 떠밀리듯 결혼식을 올렸지만, 결국 이혼하고 말았다. 그 뒤, 좋은 집안의 남자를 만나 재혼했지만, 이번엔 시집살이라는 것이 만만치 않았다. H는 결혼 전 일을 무척 사랑하는 사람이었는데 결혼과 함께 그만두어야만 했다.

　나의 경우는 또 어땠나. '남자가 없으면 울타리가 없다'는 신념을 가진 엄마는 친부와 헤어진 후 '울타리'를 만들기 위해 계속해서 남자를 만났고 모두 실패했다. 내가 학교에 들어가기 전까지 엄마가 만났던 남자는 나를 때리거나 고문하곤 했다. 엄마가 가지려 했던 '완벽한 가정'이라는 이상이란 건 과연 무엇이었을까. 고등학교 시절 가장 친했던 친구의 엄마에게서 '결손가정의 아이'라는 말을 들었을 때, 아빠라는 존재가 필요하겠다는 생각이 들긴 했지만, 나에게 아빠라고 부르기를 허락했던 남자는 결국 성인이 된 의붓딸의 명의로 돈을 빌린 뒤 사라졌다. 결혼제도가 자유롭고 여성의 사회 진출이 활발한 곳에서 태어났다면 내 몸 기저에 똬리를 틀고 있는 이 무겁고 축축한 열등감은 애초에 존재하지 않았을지도 모른다.

　어째서 기자들은, 부탄의 남녀평등제도나, 확실한 성교육, 무상교육제도와 자유로운 결혼제도에 대해서는 제대로 언급하지 않았을까. '독신인 나를 다들 부러워하지'라며 자랑스레 말하던 왕모는 십 년이 넘는 경력의 베테랑 가이드였으니 나에게만 특별히 부탄의 사회제도와 결혼제도에 대해 설명한 것은 아닐 텐데.

　물론 내 눈에 비친 부탄은 '완벽한 행복의 나라'라고 보기에는 어려웠다. 산골 지역은 험준해서 살기 힘들어 보였고, 도시에 들어서면 빈부 격차가 확연히 드러났다.

시장에서 판매되는 물건들은 조악했고, 농가 체험이라며 들어가 본 시골 주택은 무척이나 추웠다. 나이트클럽이라 불리는 곳에도 가 보았는데, 젊은 여성들로 이루어진 댄스 공연을 보는 것이 썩 유쾌하지는 않았다.

그러나 이들은 적어도 성별이나 성적 지향 때문에 차별을 받지는 않을 것이다. 가난하더라도 노력만 한다면 얼마든지 배울 수 있고 원하는 직업을 가질 가능성이 커질 것이다. 폭력을 휘두르는 배우자를 피해 떠났다고 해서 손가락질 받지는 않을 것이다. 이들의 행복이라고 하는 것은, 결국 느슨한 결혼제도와 가부장의 존재가 희미한 가족 형태에서 기인한 것 아닐까.

H와 나를 둘러쌌던, 숨 막히게 촘촘한 '가족'이라는 관계를 떠올려 본다. 어린 시절부터 쇠사슬에 발이 묶인 코끼리처럼 어른이 된 후에도 '가족'이라는 구속을 쉽게 벗어나지 못했던 그녀와 나. 우리의 행복지수는 과연 얼마였을까.

해발 3,120m에 있는 탁상사원이 여행의 마지막 일정이다. 이 사원은 8세기경 탁상 셍게 삼듑(Taktsang Senge Samdup) 동굴에서 수련하던 파드마삼바바라는 인물이 세웠다고 알려졌다. 파드마삼바바는 인도의 왕자로, 부탄에 불교를 전해 주어 제2의 붓다로 불리는 금강승불교의 창

시자이다. 불교에 관심 있는 사람이라면 알 법한 유명 철학자나 승려가 이곳을 다녀갔다며 왕모가 호들갑을 떨었지만, 나에게는 낯선 이름들일 뿐이다. 해발 2,000m 정도까지 차를 타고 올라와서 1,120m만 걸으면 된다고 하지만, 가파르고 거친 히말라야 돌산은 만만찮은 트레킹 코스다. 올라가는 내내 왕모는 금강 불교의 교리에 대해, 이곳을 찾은 승려들에 대해, 파드마삼바바의 위대함에 침이 마르게 찬사를 늘어놓았다. 그러나 삼장법사의 말을 못 알아듣는 손오공처럼 내 귀에는 의미 있게 와 닿지 않는다. 나는 그녀의 빠른 걸음을 따라가기만도 벅차다. 얼마나 올라갔을까. 멀리 사원이 보였다. 눈앞에 보인다고 해서 금방 닿을 거리는 아니었지만. 어디에서부턴가 검은 개 한 마리가 우리를 따라온다. 내가 지쳐서 앉아 있으면 옆에 앉아서 먼 곳을 바라보다가 내가 걷기 시작하면 은근슬쩍 옆에 와서 따라 걷는다. 나를 졸래졸래 따라오는 강아지를 보며, 왕모가 너는 여기 또 와야겠다며 깔깔대며 놀린다. 이렇게 거친 산을 오르면서 숨도 거칠어지지 않는 그녀를 보니 괜히 심술이 난다. 왕모는 아무렇지 않은 목소리로 사원 꼭대기에 올라가면 불상 앞에서 무엇을 빌 거냐고 묻는다. 무엇을 빌어야 할까. 왕모에게 비밀이라고 답한다.

하지만 불상이 있는 제단에 당도했을 때, 나는 낯설고

기이한 분위기에 압도되어 아무것도 빌지 못한 채 괜한 달러만 시주하고는 맥없이 나와 버렸다. 왕모는 한참을 기도하고 나와서는 나에게 뭘 빌었느냐고 묻는다. 말 안해 줄 거야. 괜히 왕모에게 심통을 부리고는 신발을 고쳐 신으며 후들거리는 다리를 정비한다. 다시 1,120m를 걸어 내려가야 하니까.

마지막 밤, 산속에 있는 산장에서 잠을 청했다. 얼마나 힘들었던지, 방에 들어오자마자 쓰러지듯이 잠이 들었다. 서늘한 기운에 잠에서 깨니 새벽 2시였다. 목 안이 깔끄럽고 이마에 열이 올라온다. 따뜻한 물로 씻고 잤어야 했는데. 후회해도 이미 늦었다. 물을 한 모금 마시고 밖으로 나와 본다. 불빛 한 점 없는 산장의 밤은 완벽하게 까맣다. 하늘을 올려다본다. 별들이, 셀 수 없이 많고 커다란 별들이 나를 집어삼킬 듯이 밤하늘을 뒤덮고 있다. 그동안 내가 바라보았던 하늘에도 이렇게 많은 별들이 숨어 있었을까.

이곳이다. 내가 H를 애도해야 하는 곳은. 한참을 별을 바라보며 H를 떠올렸다. 그녀가 내게 해 주었던 모든 것들에 대한 감사와, 내가 해 주지 못한 것들에 대한 미안함과 함께. 언젠가 H가 했던 말이 떠올랐다. "애쓰지 마. 넌 너대로가 제일 좋아. 누가 괴롭히면 말해. 내가 가서 혼내 줄게."

우리는 우연에 의해 태어나고 그 생이 다해 죽는다. 당신을 만난 것도 긴 우연의 일부였을 뿐이다. 그렇지만, 우리의 시간을 반짝이게 만들어 준 것은 우연이 아니라, 함께 나누었던 이야기, 함께 흘렸던 눈물, 함께 웃고 떠들며 보냈던 밤들이었다. H도 보았을까. 이토록 무서우리만치 반짝이는 별의 무리를. 그래서 언젠가 같이 히말라야에 가자는 얘기를 꺼냈던 걸까. 이제 나는 영원히 그 답을 모른다.

그런 장면들을 더 많이
갖고 싶어서

"사람마다 저마다의 삶이 있는 거지.

롤랑 바르트의 《소소한 사건들》에서 모로코 부분을 읽다
가 젤라바를 입은 사람들이 소를 타고 다니는 모습을 실
제로 보고 싶다는 생각이 들었다. 마라케시행 비행기를
즉흥적으로 결제했다.

공항 게이트를 통과했는데 택시 기사가 보이질 않았
다. 이상한 일이었다. 분명히 호텔과 택시를 함께 신청해
두었는데. 알고 보니 안전 문제로 공항 안으로 택시 기사
가 들어오지 못하는 시스템이었다. 빗방울이 떨어지는 공
항 밖으로 나가니 기침을 하는 노년의 남자가 호텔 이름
과 내 이름을 쓴 종이를 들고 서 있다. 차에 도착해 내 캐

리어를 트렁크에 실으려는 그의 후들거리는 손을 보니 차라리 내가 드는 게 나을 것 같아 손을 내미니 거세게 뿌리친다. 차에 오르니 기사는 여기가 처음이냐 묻고는 내 대답은 기다리지도 않고 혼자 불어로 계속 떠든다. 교통사고가 난 도로를 지나치면서는 핸들에서 두 손을 떼고 알라를 부르짖어 나를 식겁하게 만든다.

조악한 네온조명이 비치는 광장이 나오자 그는 이곳이 궁전이라며 빠른 목소리로 계속 떠든다. 도대체 무슨 말일까. 알아듣지도 못하면서 나는 연신 고개를 주억거리며 얘기가 끝나 가는 포인트에서 '봉(Bon!), 다꼬르(D'accord!)'를 외쳐 준다. 내 추임새에 문제가 있는 걸까. 기사가 갑자기 막다른 골목에서 차를 세운다.

그가 차를 세우자 한 소년이 손수레를 끌고 온다. 여기서부터는 차가 못 들어가니 저 아이를 따라가라는 것 같다. 나는 순간적으로 돈과 여권을 확인한다. 여기서 팔려 가는 건 아닐까. 역시 여행자 보험을 들었어야 했어. 오만 가지 생각이 머릿속을 스치는 동안 내 짐은 소년의 손수레에 실리고, 그는 좁은 골목을 가리킨다. 순간 반대쪽으로 도망을 가야 할까, 생각했지만 캐리어를 두고 갈 수는 없어 바짝 긴장한 채 소년의 뒤를 쫓는다. 어두운 골목 사이로 동굴 같은 다리가 여러 개 이어진다. 소년의 발이 점점 빠르게 교차한다. 불안이 극에 달해 소리라도 질러야겠다는 생각이 들 즈음, 어느 문 앞에서 소년의 발이 멈춘다. 내가 예약한 호텔의 간판이 보인다. 안도의 숨이 새어 나온다. 손을 내미는 소년에게 5유로를 쥐어 준다. 호텔비 안에 택시비가 포함되어 있었지만, 샌들을 신은 소년의 발과 거친 손을 보니 빈손으로 보낼 수가 없었다.

　호텔 문 앞에서 벨을 누르자 주인으로 보이는 중년 남성이 반갑게 맞이한다. 그가 권하는 차를 앞에 놓고 앉으니 오는 내내 긴장했던 어깨와 등이 저려 왔다. 비행기에서부터 옆자리에 앉은 아랍계 중년 남성의 원치 않는 호의와 난기류에 시달렸더니 돌솥비빔밥 백 개를 나르고 난 뒤와 같은 묵직한 통증이 어깨에 내려앉았다. 주인이 숙박계를 가져온다. 아르마니 티셔츠에 구찌 벨트, 청바지를 입은 중동의 주인은 내 여권을 거둬 가 복사를 한다. 대체 왜 중동 남성들은 아르마니와 구찌를 이다지도 사랑하는 걸까. 숙박계를 쓰면서도 나는 부킹닷컴의 리뷰를 떠올려 가며 숙박비를 아무래도 현금으로 결제해야 하지 않을까, 카드 번호가 도용되지는 않을까, 제대로 된 호텔일까, 방 안에 안전금고는 있을까, 꼬리에 꼬리를 무는 의심을 거두지 못했다. 다 쓴 숙박계를 내밀자 주인이 하얀 이를 드러내며 웃어 보인 뒤 식당으로 안내한다. 호텔을 예약할 때 모로코식 전통 디너가 있다는 말에 같이 예약해 두었던 것이다.

식탁에 앉자 채소가 담긴 조그만 접시들이 배달되었다. 애개, 이게 다야? 싶을 정도로 양이 적다. 게다가 무슬림 지역이라 술을 주문할 수도 없다. 공항 면세점에서 산, 캐리어에 든 로제 와인을 떠올리며 이건 그냥 술안주 아니냐, 이걸 모로코 전통 요리라고 그 돈을 받고 내놓은 것이냐, 속으로 툴툴거리며 가지와 고추와 호박을 삼켰다. 맛은, 있었다. 그러나 매콤하게 조린 고추를 씹으니 술 한 잔이 더 간절하다. 새 모이 같은 음식을 다 먹고 앉아 인터넷으로 유심카드를 어디서 살 수 있는지를 검색한 뒤 이제 슬슬 방으로 들어갈까 하는데, 주인이 원뿔 모양의 뚝배기 두 개를 들고 들어온다. 하나는 닭고기 찜, 하나는 채소 타진이란다. 성급한 나는 에피타이저를 두고 계속 불평을 했던 것이다. 타진과 함께 쿠스쿠스가 담긴 주발이 내 앞에 놓인다.

호텔의 쿠스쿠스와 타진 요리는 손에 꼭 쥐고 있던 가방을 슬그머니 내려놓게 할 정도로 맛있었다. 인간이란 이렇게나 간사하다. 밥을 다 먹고 나자 의심스럽기만 하던 주인 얼굴이 살짝 친절해 보이기 시작한다. 밥을 먹고 중정을 지나 방으로 가는 길. 올려다본 하늘에는 별이 아름답게 반짝이고 있었다. 의심의 골짜기를 이제야 벗어난 기분이 들었다.

다음 날. 의심의 골짜기는 벗어났으나 분노의 골짜기가 찾아왔다.

　모로코 시내에 대한 좀 더 전문적인 지식을 얻고 싶어서 호텔과 연계된 여행사에 일일 역사관광투어를 신청했다. 아침에 일어나니 몸에 딱 붙는 티셔츠와 역시 몸에 달라붙는 소재의 정장, 금목걸이를 한 가이드 압둘이 나를 기다리고 있었다. 그가 간략하게 오늘 돌아볼 곳을 소개한다. 관광객이 다니는 곳들이야 어차피 뻔하다. 다만 첫날부터 카메라를 들고 혼자 다니기가 저어해, 믿을 만한 사람과 다니면서 골목을 눈에 익히려고 했을 뿐이다. 휴대폰을 한 손에 들고 방향을 확인하며 돌아다니기에 마라케시의 골목골목은 좁고 위험했다.

　안전을 위해 꽤 비싼 값을 지불하고 고용한 개인 가이드임에도 압둘은 나를 '그가 아는 가게'에 끊임없이 데려갔다. 한 장소에서 다른 장소로 이동할 때마다, 나는 그의 친척이나 친구가 한다는 가게에 끌려 들어가야 했다. 저가항공이라 짐이 무거워지면 안 되기 때문에 가능한 쇼핑을 안 하려고 했지만, 그는 내가 물건을 사지 않으면 눈에 띄게 실망하는 기색을 드러냈다.

　그의 설명이 객관적인지도 의심스러웠다. 당연한 일이겠지만, 그는 무슬림 문화에 대한 자긍심이 무척 높았다. 모로코는 다른 무슬림 국가와는 다르게 매우 '현대적'

이며, 그렇기 때문에 '너와 같은' 사람들도 혼자 여행을 올 수 있는 것이라며, 유세를 떨었다. 바히아 궁전 외부가 화려하지 않은 것을 두고 '무슬림은 매우 겸손하기 때문에 서양의 화려한 성과는 달리 외부는 소박하게 짓는다. 하지만 손님들이 오면 제대로 대접해야 하기 때문에 내부는 아주 화려하게 짓는다'고 자랑했다.

그게 겸손한 거야?

무슨 말이지?

생각해 봐. 성이나 집을 예쁘게 꾸며 놓으면 굳이 초대받지 않아도 지나가면서 보고 아름답다고 느낄 수 있잖아. 어디가 겸손하다는 거지?

압둘이 미간을 찌푸렸다.

네가 잘 이해를 못 하나 본데…… 무슬림은 아름다운 걸 뽐내는 문화가 아니야. 그래서 여자들이 머리와 몸을 가리는 거지. 아름다움은 볼 수 있는 자격이 있는 사람만 보는 거야. 그걸 누가 시기해서 가져가면 안 되니까. 게다가 모로코는 매우 현대적인 나라야. 봐, 여자들 옷차림도 자유롭고 너같이 혼자 다니는 여자도 환영하잖아? 물론 현대적인 거나 자유 같은 건 여자들한텐 좀 제한할 필요가 있지만.

두바이의 기억이 떠올랐다. 온 몸을 시커멓게 가리고 바닷가에서 발만 담그던 여자들, 눈만 내놓은 옷을 입고 쇼핑몰을 다니던 한 무리의 여자들. 아름다움을 볼 수 있는 자격이라고? 압둘의 튀어나온 입을 찰싹 때려 주고 싶었다.

미안한데 여기서 그만 헤어지자. 그게 서로에게 좋을 것 같아. 가이드 비용은 이미 호텔에 지불했어.

내가 단호하게 말하자 압둘은 뻔뻔하게도 호텔 측에는 투어가 제대로 마무리되었다고 말해 달라고 요청했다. 물론이지. 나는 최소한의 팁을 그에게 건네고는 재빠르게 말을 내뱉었다.

현대적인 거나 자유. 그런 건 여자에게 제한해야 한다고 했지? 그런데 말야, 네가 버는 돈이 바로 그 현대적인 여자에게서 나온다는 생각은 안 해 봤어?

나는 압둘의 얼굴은 보지도 않고 돌아섰다.

제마 엘프나(Jemma el-Fnaa) 광장을 대충 둘러보다가 서 있는 택시를 발견하고 흥정을 해 자뎅 마조렐(Jardin Majorelle)로 향했다. 젊은 택시 기사는 중국에서 왔느냐고 묻고는, 요새 중국인 관광객이 많이 와서 아무래도 중국어를 배워야겠다고 너스레를 떤다. 중국에서 온 건 아니지만 여기 혼자 올 정도로 여유가 있는 중국인이라면 영어쯤은 너보다 잘할 테니 걱정 마, 퉁명스레 내뱉고는 이내 후회했다. 그러나 기사는 내 말을 조언으로 들었는지 그거 다행이라며 신나게 도로 위를 달린다.

자뎅 마조렐에서 시간을 보내고 다시 시내로 나와 마라케시 미술관에 갔다 나오니 해가 져 있었다. 거리를 목적 없이 걸었다. 커다란 빵을 파는 상점, 잡다한 물건들을 파는 잡화점, 모로코의 상징인 젤라바를 파는 옷가게, 한국에서 찾아보기 어려운 뚱뚱한 브라운관 텔레비전, 주전부리를 파는 노점. 어딘가에서 연기가 피어오른다. 저녁을 준비하기 위해 모두 바쁘게 움직이고 있었다. 잊지 말아야 한다. 나는 그저 여기에 잠시 머무는 여행객일 뿐. 이들을 비난해서도, 제멋대로 재단해서도 안 된다. 숙소를 향해 걸어가는데 젤라바를 입은 한 남자가 내 앞을 무심하게 슥, 스쳐 지나간다.

다음 날, 아틀라스 산맥에 사는 베르베르인 마을을 방문한다. 미리 택시를 대절해 두고 원주민 가이드를 부탁해 둔 터였다. 베르베르족은 마그레브 지역*에 사는 유목민으로 원래 명칭은 아마지그(혹은 아마지기, Amazigh), 복수형 아마지겐으로 불러야 맞지만 여행 안내서에는 영어 명칭인 베르베르족으로 쓰여 있다. 아마지그는 '자유'라는 뜻인 데 반해, 베르베르는 '야만적인'이라는 뜻이다. 한국인을 조센징이라고 부르는 것 같은 느낌이 들어 여행 안내서를 읽으며 기분이 좋지 않다.

전통적으로 북아프리카에 살던 아마지겐들은 아랍인과는 별개의 민족이었지만, 7세기 이후 아랍인들이 아프리카로 뻗어 나갈 때 이슬람교를 받아들이는 과정에서 유목민에서 농경민족으로 변모해 척박한 아틀라스 산 주변에 모여 살고 있다.

마라케시에서 차로 한 시간 반 정도 가야 한다고 말하던 택시 기사는 갑자기 아르간 오일을 판매하는 가게에 나를 내려놓았다. 잠깐 들러야 한다는 핑계를 대면서. 안으로 들어가니 머리를 가린 여인들이 가게 중정에 죽 늘

---

* 아랍어 '해가 지는 지역' 혹은 '서쪽'이라는 뜻의 단어 Al-Maghrib라는 단어에서 파생한 말로, 알제리, 튀니지, 모로코, 리비아 등의 북아프리카 지역을 말한다.

어 앉아 아르간 열매를 만지작대고 있다. 모로코인들은 영혼이 빠져나간다고 생각해서 사진에 찍히는 것을 매우 싫어한다고 들었기에 조심하면서 거리를 돌아다녔는데, 이들은 무심한 눈빛으로 렌즈와 플래시 세례를 받고 있었다. 그들을 찍는 관광객 무리들이 들어왔다가 빠져나간다. 여인들의 눈빛에 괜히 미안한 마음이 드는 건 어쭙잖은 동정심일 뿐이다. 다만 그냥 나가기는 미안해 몇 가지를 사고 택시에 올랐다. 문득 회의가 밀려들었다. 꼭 베르베르인 마을까지 가야 할까. 그들의 삶을 엿본다고 해서 내 삶에 달라지는 것이 뭐가 있지? 가라앉은 기분이 도통 나아지질 않는다.

마을 입구에 도착하니 머리가 반쯤 센, 한 사내가 나를 반긴다. 오늘 베르베르 마을을 안내해 줄 아마스탄이다. 그는 친절하게 자신의 이름 철자를 하나하나 불러 준다. 택시 기사가 카페에서 휴식을 취할 동안 나는 아마스탄을 따라 산맥을 걷고 그의 마을을 방문하기로 한다. 좁은 골목을 빠져나가면 건물이 하나씩 나오던 시내와는 달리 걸어도 걸어도 나무와 돌, 모래뿐이다. 좁은 농로 사이를 걸으며 그는 아마지겐의 역사에 대해 간략히 알려 준다. 그리고 멀리 보이는 집들을 '우리가 가야 할 곳'이라고 가리킨다.

그럼 저기가 아저씨 집인가요? 응. 우리 가족이 모두 다 함께 살아. 아저씨도 이슬람교를 믿어요? 우리 집은. 그런데 다른 걸 믿는 사람들도 있어. 종교는 선택할 수 있어. 언어가 다르다고 들었어요. 맞아. 하지만 좋은 직업을 가지려면, 모국어와 아랍어, 영어와 불어를 다 잘해야 하지. 어렵네요. 그렇지. 아마스탄은 덤덤히 내 질문에 답한다.

　　그와 대화를 나누며 산 중턱에 오르니 작은 마을이 나온다. 좁은 골목 사이사이로 집들이 옹기종기 모여 있고, 아이들은 아마스탄에게 인사를 하고 나서 나를 빤히 쳐다본다. 호기심일까, 아니면 싫어하는 감정일까. 나는 머뭇대다 안녕, 이라고 조그맣게 인사를 했다. 아이들은 꺄- 소리를 지르며 골목으로 흩어진다. 사진을 찍어도 될까요? 그래. 하지만 내가 찍지 말라고 하면 바로 카메라를 내려놓아야 해.

　　그의 인도 아래 나는 작은 문들을, 작은 창들을, 작은 돌들을 찍었다. 돌 틈에 놓인 신발을 찍을 때쯤 고양이 한 마리가 얼굴을 내민다. 고양이다! 귀여워. 여기선 고양이를 많이 키워. 뱀이 많이 나오거든. 고양이가 뱀을 잡아요? 그럼. 고양이는 맹수란다.

　　마을을 둘러보고 나서 그는 반대편 산맥으로 나를 안내한다. 폭포 근처에 노천카페가 있는데, 원한다면 거기서 쉬어도 좋아. 노천카페라더니, 나무를 얼기설기 엮어

만든 노점이다. 한 사내가 주스와 물을 팔고 있다. 목이 말라 물 두 병을 집어 하나를 아마스탄에게 건넨다. 그는 괜찮다고 손사래 친다. 나만 먹을 수는 없잖아요. 다시 내려가야 하는데, 같이 마셔요. 나에게는 일상인 걸. 나는 그의 말을 듣지 않고 두 병의 값을 치르고 편평한 바위를 골라 앉는다. 그는 내가 내민 병을 받아들고 다시 이야기를 시작한다. 용맹한 전사였고 위대한 유목민이었으나 농경문화를 받아들이고 무슬림으로 살아가는 한 민족에 대해서. 나는 그의 얘기를 반쯤은 새기고 반쯤은 흘리면서 화려한 금목걸이를 걸고 정장을 입고 있던 압둘의 옷차림을 떠올린다. 아마스탄은 낡은 청바지에 해진 운동화를 신고 있었다.

여기서 조금만 올라가면 마을 전체를 볼 수 있는 넓은 바위가 있어. 가 볼래?

네, 이 정도 산을 오르는 건 어렵지 않아요. 한국은 산이 많은 나라니까.

그가 말없이 싱긋 웃는다. 그의 안내를 따라 바위에 오르니 마을이 한눈에 보인다.

저쪽에서는 양을 기르고, 이쪽에서는 농사를 지어. 우리 마을 사람 대부분은 양을 치거나 농사를 짓고, 좀 영리한 아이들은 공부를 시켜서 대학에 보내고. 아까 너를 만난 곳이 시장인데, 옷이나 음식을 거기에서 구하지. 버스도 거기 서고.

우리 할머니도 농사를 지으셨는데, 저보고는 하지 말라고 하셨어요. 너무 힘든 일이라고. 여긴 고지대라 더 힘들겠네요.

그렇지만 난 농사를 짓는 게 좋아. 일이 바쁘지 않을 때에는 이렇게 마을 안내를 해서 돈을 벌기도 하고. 사람마다 저마다의 삶이 있는 거지.

그의 얼굴을 빤히 바라보았다. 그는 마을을 바라보며 진심으로 만족스러운 얼굴을 하고 있었다.

인샬라, 라는 말을 해도 되나요?

물론이지.

베르베르어로는 고맙다는 말을 뭐라고 하죠?

그가 하나씩 또박또박 소리를 내어 말한다. 나는 그의 입 모양을 보면서 따라 한다. 지금은 전혀 기억나지 않는 그 단어. 내가 따라 한 그 소리를 듣는 그의 눈매가 둥글게 휜다.

자, 이제 내려갈까?

아마스탄은 내 어깨를 가볍게 두드리고는 경쾌한 발걸음으로 바위를 내려간다.

택시에서 스스로에게 했던 질문을 다시 해 본다. 여기에 왜 온 걸까. 그런 질문은 의미 없다. 다르게 사는 사람들, 자기 자리에서 빛나는 사람들, 그동안 몰랐던 장소들…… 그런 것들을 보기 위해 나는 여기에 서 있다. 어떤 장면들은 오래도록 기억에 남는다. 그런 장면들을 더 많이 축적하고 싶어서, 자꾸 떠나는 것이다.

내 언 몸을 녹여 주었던
작은 입김들

"네가 행복하면 좋겠어.

저 나무들은 눈의 무게를 어떻게 견디는 것일까. 비에이의 나무들을 볼 때마다 그런 생각이 들었다. 나무들은 가지마다 눈을 수북이 얹은 채로도 하늘을 향해 꼿꼿하게 허리를 세우고 있다.

일본의 눈은 한국의 눈보다 바삭하거든.

비에이 여행 중에 만난 사치코가 나무를 볼 때마다 경탄하는 나에게 웃으며 말해 주었다. 습도가 낮은 홋카이도의 눈은 만지면 바스라지듯이 금세 녹아 버렸다.

비에이의 나무들을 볼 때면 좋았던 기억과 나빴던 기

억이 교차되며 사라졌다가 다시 떠올랐다. 겨울이면 그 길을 찾았고, 눈 덮인 길들을 하염없이 걷고 또 걸었다.

세 번째 홋카이도를 찾았던 해, 아사히카와에 들렀다가 길을 잃은 적이 있다. 목욕탕에 다녀오는 길이었다. 외곽에 있는, 테마 파크로 꾸며진 목욕탕에 갔다가 마지막 버스를 놓치고 말았다. 호텔까지 걸어서 돌아오는 길에 우연히 마주친 작은 식당에서 잊고 있던 얼굴 하나가 떠올랐다.

세 살 이후로 외할머니 집에서 외삼촌 집에서 이모 집으로 계속 떠돌던 나는 다시 외삼촌 집으로 들어가야 했다. 다시 돌아왔다고는 하지만, 반기는 사람은 아무도 없었다. 외삼촌은 여전히 자기 기분에 따라 폭력을 휘둘렀다. 자신의 큰아들을 제일 많이 때렸지만, 그렇다고 나와 그의 작은아들이 맞지 않은 건 아니었다. 그는 '가정교육'이라는 명목 아래 최선을 다해 우리를 때렸고 일요일이면 교회에 가서 전심을 다해 기도했다. 사춘기에 접어든 남의 자식을 떠맡는 일이 쉽지 않았으리라. 그래도 나는 여전히 외삼촌을 이해하기 어렵다. 외삼촌은 생활비, 내 양육비, 그리고 대학 등록금을 엄마에게서 꼼꼼히 뜯어냈다. 내가 성인이 되었을 때 학비를 지원해 준다는 것이 그가 내세운 명목이었다.

당시 대전은 평준화 지역이 아니었다. 다행이었다. 좋은 고등학교에 가기 위해서는 좋은 성적을 받아야 했기에 학교에서 보내는 시간이 무척 길었다. 집에 머무는 시간을 최대한 줄일 수 있었다.

중학교와 고등학교가 붙어 있어서, 학교 앞에는 열 개가 넘는 문방구가 난립해 있었다. 미래 문방구는 그중 가장 인기가 없는 곳이었다. 고백하자면, 문방구 이름이 미래인지 미미였는지도 가물가물하다. 대전을 떠난 이후, 그 당시의 기억은 가급적 떠올리지 않으려고 애써 왔기 때문이다. 문방구 주인 언니의 이름도 기억나지 않는다. 언니는, 그때의 내 눈에는 이십대 정도로 보였고, 하얀 피부에 머리가 칠흑처럼 검었다.

나는 주로 미래 문방구를 갔다. 사람이 가장 없었고, 주인 언니가 호객 행위에 무척이나 서툴렀기 때문이다. 미안함에서였겠지만, 엄마는 내가 문제집이나 문구류를 사는 데 쓰는 돈만큼은 아낌없이 내주었다. 외숙모에게 받는 돈은 하루에 200원, 한 달에 6천 원이 전부였지만, 엄마는 내 통장으로 몰래몰래 용돈을 넣어 주었고 나는 그 돈을 모조리 문구류나 책, 문제집을 사는 데 썼다. 가지고 있어 봐야 사촌들에게 빼앗길 뿐이었다.

내가 자주 들렀기 때문이었을까, 언니는 다른 애들보다 나에게 더 친절했다. 어느 새부터 시간만 나면 나는 언

147

니의 작은 가게에서 시간을 보냈다.

　언니는 문방구에 딸린 작은 방에서 혼자 살고 있었다. 부엌을 주인집과 공유하는, 오래된 가옥의 작은 단칸방. 한 칸짜리 나무 옷장과 서랍장, 낮은 화장대, 방 한구석에 곱게 개어진 이불 한 채가 그 방에 있는 전부였다. 언니는 이른 아침부터 문방구를 열고 아이들을 맞았다. 아이들이 학교에 들어가고 나면 언니는 무엇을 했을까. 하교 시간 아이들이 쏟아져 나오면, 문방구들은 잡다한 식품 등속을 팔았다. 아이들이 모두 사라지고 난 후의 그녀는, 어떤 시간들을 보냈을까. 여전히 나는 알 수 없다.

　어느 날이었을까. 자율학습을 빼진 날이었는지, 아이들이 모두 학원에 가고 나 혼자 운동장에 남아서 철봉 연습을 하고 나서였는지, 언니의 가게에 무작정 들렀다. 인적이 거의 없는, 한적한 문방구 거리의 가장 끝자락. 언니가 나를 보고 어쩐 일이냐 묻는다. 나는 스스럼없이 가게 안 의자에 털썩 앉는다. 언니는 피곤하냐고 묻고는 마침 이불을 깔아 뒀으니 가게 정리를 하는 동안 한숨 자라며, 반은 창호지가 발라지고 반은 간유리로 된 미닫이문을 턱으로 가리킨다.

　언니가 깔아 둔 이불에서 깜빡 잠이 들었는데, 갓 지은 밥의 뜨끈하고 눅진한 냄새가 난다. 부스스 일어나니 언니가 상 위에 국과 김치, 나물과 김을 올려놓고는 밥을 푸고 있다. 너 먹을 복이 있구나. 언니는 웃으며 두 개의 밥그릇을 밥상 위에 올린다. 무슨 이야기를 했을까. 기억이 나지 않는다. 그 시절의 일들은 단편적인 장면들로만 남아 있다. 다만 진지하게 내 이야기를 들어 주던 언니의 표정과 미소만큼은 어렴풋이 기억이 난다. 그리고 무척이나 달았던 하얀 쌀밥의 맛도. 까맣게 잊고 있던 언니와의 기억이, 홋카이도의 낯선 길에서 불쑥 튀어나왔다.

아사히카와 역 근처 선술집을 찾아 들어갔다. 자기 전에 술 한잔을 할 요량으로 카운터 자리에 앉아 하이볼과 꼬치를 주문하니, 옆에서 혼자 술 마시던 남자가 나를 보고 묻는다. 외국인이지? 그렇다고 답하니 남자가 웃는다. 홋카이도에 여자 혼자 오는 일은 드물거든. 그게 뭐 대단한 일이라고. 남자는 한국 여배우가 나온 드라마 얘기를 꺼내더니, 아사히카와 시내에는 온천이 없다는, 난데없는 정보를 던진다. 내가 이상하다는 표정을 짓자 남자는 변명하듯이, 한국인들은 일본에 오면 온천만 가잖아, 하고 혼자 웃어 버린다. 별 싱거운 사람도 다 있네. 대신에 비슷한 곳이 있어. 남자는 주인장에게 종이를 한 장 달라고 하더니 주소를 적어 선심 쓰듯이 나에게 건네준다. 몇 번 버스를 타고 어디에 내리면 된다는 표시도 해 준다. 내일 가보겠다고 인사를 하고는 남은 하이볼을 마저 마신 뒤 가게를 나와 호텔로 향했다.

다음 날 오후, 시내를 좀 둘러보고 남자가 알려 준, 온천을 테마로 한 목욕탕으로 향했다. 목욕을 마치고 나오니 어느덧 어스름한 저물녘이었다. 건너편 버스 정류장으로 가니, 버스가 끊겼다. 목욕탕이 있는 곳은 외곽이었고 이곳의 버스는 꽤 일찍 끊기는 모양이었다. 구글맵을 켜고 확인해 보니 호텔까지 걸어서 한 시간 정도. 충분히 걸을 수 있는 거리라고, 출발할 때만 해도 호기롭게 생각했다.

도로를 걷기 시작했다. 하늘이 어두워질수록 아사히카와의 온도는 점점 떨어졌다. 길 가장자리에는 쓸어 놓은 눈이 벽처럼 쌓여 있었다. 발걸음을 이리저리 옮기는 동안, 하늘은 더 어두워졌고 가로등의 간격은 점차 벌어지기 시작했다. 일단 인적이 있는 곳으로 가면 어떻게든 될 거라는 마음으로 한참을 걸었다. 30분 정도 걸었을까. 아름답다고 생각했던 풍경도 더는 눈에 들어오지 않고 손발이 돌덩이처럼 딱딱하게 얼어붙을 무렵에야 도로 끝으로 집들이 보이기 시작했다.

그러나 그도 잠시, 몸을 녹일 만한 가게 하나가 없었다. 불 밝힌 집들이 있었지만, 지나가는 여행객이 다짜고짜 문을 두드릴 수는 없는 일이었다. 혹시나 택시가 지나가지 않을까 하는 마음에 도로를 따라 길을 걸었다. 더 이상 못 걷겠다고 생각할 때쯤, 아주 조그만 식당이 눈에 들어왔다. 유리문 너머로 60대로 보이는 여자가 가게를 정리하고 있었다. 나는 급히 가게 문을 열었다.

따뜻한 술 한 병이랑 아무 음식이라도 먹을 수 있을까요?

꽁꽁 얼어붙은 내가 불쌍해 보였는지 주인은 조금 머뭇거리다가, 가라아게라면…… 하고 대답한다. 나는 고개를 세차게 끄덕이고 가게 안으로 들어갔다. 서툰 일본어로 상황을 자세히 설명할 수 없었지만, 주인은 눈치 빠르게 따뜻한 차부터 내온다. 감사하다고 인사를 하고 컵을 손에 쥐니, 다시금 세상으로 돌아온 느낌이다. 닭을 튀기는 기름진 냄새가 가게 안을 감싸고 나는 주인이 내어준 야채 절임에 따끈한 술을 한 모금 흘려 넣는다. 배 속이 따뜻해지고 나니 그때서야 주변이 시야에 들어왔다.

네 개의 작은 테이블, 아담한 주방과 테이블 사이 평상. 평상 안쪽 반쯤 열린 미닫이문 안에서 꼬마 아이가 텔레비전을 보고 있다. 이 풍경…… 어디선가 봤는데. 속으로 생각한다. 주방 너머로 주인이 혼자냐고 묻고는, 어디서 왔느냐 묻는다. 한국에서 왔다고 하자 주인은 손주가 한국 가수를 좋아한다며 반색한다. 아마도 방 안에서 텔레비전을 보는 저 아이이리라. 나는 아이에게 뭐라도 주고 싶어 가방 안을 뒤져 보지만, 아이가 좋아할 만한 물건이 없다. 어느새 다 튀겨진 닭고기가 내 앞에 나오고, 나는 연신 고맙다고 고개를 주억인다. 주인은 맛있게, 천천히 먹으라는 말과 함께 신발을 벗고 방 안으로 들어가 꼬마의 머리를 쓰다듬는다. 급하게 먹을 걸 걱정해서일까. 배려가 고맙다. 나는 뜨거운 닭고기에 술을 홀짝이며 그 둘의 뒷모습을 오래된 동화처럼 훔쳐본다.

최대한 빨리 배를 채우고 음식 값을 치르고 나왔다. 주인이 조심히 가라는 손짓을 한다. 호텔 방향을 확인하고 다시 걸음을 내딛는 순간, 불현듯 문방구 언니의 마지막 얼굴이 떠올랐다.

엄마가 전화할 때마다 수차례 조른 끝에 열네 살 가을, 나는 다시 서울로 갈 수 있게 되었다. 이번엔 이모네 집이었다. 이모는 나를 맡는 조건으로 월세 일부와 생활비를 받기로 했다.

나를 낳은 건 엄마지만, 나는 엄마 손에 키워진 적이 없다. 할머니가 돌아가시고 서울에서 취직을 한 엄마는 나를 이모 집에 보내기로 결정했다. 어차피 남의 집에 있을 거라면, 이모 곁이 훨씬 나았다. 어릴 때부터 나를 키워서겠지만, 이모는 적어도 나를 진심으로 예뻐해 준 사람이었다.

서울로 가는 게 결정되고 학교에 가는 마지막 날, 언니의 문방구에 들렀다.

가서 공부 열심히 해. 나는 네가 행복하면 좋겠어.

언니를 보러 오겠다는 말은, 하지 못했다. 그저 언니에게 고마웠다는 말을 하고 짐을 싸기 위해 집으로 돌아왔을 뿐이다. 그 당시의 나를 통째로 지우고 싶었다. 그렇다고는 해도, 어떻게 언니의 그 환한 얼굴을, 정갈하게 담아준 그 하얀 쌀밥의 맛을 그토록 오래 잊고 살았을까. 어려운 일이 닥칠 때면 나는 내가 제일 불행한 사람이라고 생각했다. 그렇지만 절망에 빠졌을 때에도 나는 혼자가 아니었다. 제일 불행한 사람도 아니었다. 돌아보면 내 옆에는 기꺼이 손을 내밀어 준 사람들이 있었다.

사치코 또한 대가 없는 선의를 베풀어 준 사람이었다. 이른 아침 비에이 역 근처 산장 모양의 작은 카페에서 만난 사치코는 일본어가 서툰 나를 흔쾌히 자신의 무리에 끼워 주었고, 차로 이동하면서 보이는 나무들에 대해 영어 단어를 섞어 가며 하나하나 설명해 주었다. 삿포로로 향하는 마지막 기차를 타고 돌아가는 나를 향해 오랜 친구와 작별하듯 기차가 떠날 때까지 계속해서 손을 흔들어 주었다. 기차 속도가 점점 빨라지면서 점점 작아지는 그

녀의 모습을 보며 나는 또 누군가를 떠올렸던가. 점처럼
작아질 때까지, 그녀와 그녀의 친구는 계속해서 손을 흔
들고 있었다.

낯선 길을 걷다 보면 그런 것들을 떠올리게 된다. 돌려
받을 생각 없이 자신의 온기를 기꺼이 나눠 준 사람들. 눈
을 볼 때마다 나는 그들의 얼굴을 떠올린다.

누구나 저마다의 무게를 견디고 살아간다. 그러나 비
에이의 나무들이 가지마다 눈을 얹고도 버틸 수 있었던
건 바람이 한 번씩 눈의 무게를 덜어 주었기 때문이 아닐
까. 내가 그 밤의 눈길을 무사히 걸을 수 있었던 것도 누
군가가 눈이 얼기 전 미리 치워 두었기 때문이었다. 오갈
데 없던 나에게 따뜻한 밥을 내어 주었던 문방구 언니, 낯
선 내게 걸어서는 결코 갈 수 없던 숲을 데려가 준 사치
코, 추위에 얼어붙은 손님에게 따뜻한 차를 내어준 작은
식당의 아주머니. 그런 이들을 떠올릴 때마다 나는 내가
지금까지 살아온 길을 되돌아본다. 힘들었던 과거지만,
그래도 나를 있는 그대로 받아 주고 손을 내밀어 주던 이
들이 있었다. 미움보다는 고마움을, 오래 간직하고 싶다.
누군가의 어깨 위에 놓인 차가운 짐을 내 온기로 잠시나
마 녹여 줄 수 있는 사람이 되고 싶다.

한 사람의 얼굴은 하나의
표정만을 짓지 않는다

"너의 속도로, 멈추지 않고,
앞으로 나아가는 것으로 족해.

11세기 영국 코번트리의 영주 레오프릭(Leofric) 백작의 부인이었던 고다이바(Lady Godiva)는 나체로 말을 타고 남편의 영지를 돌았다. 농민들에게 세금을 과도하게 걷던 남편에게 고다이바가 세금을 감면해 줄 것을 요청하자, 남편이 "네가 만약 나체로 내 영지를 한 바퀴 돈다면 세금 감면을 고려해 보겠다"고 했기 때문이다. 16세에 불과했던 고다이바는 나이 많은 남편의 심술궂은 요청을 수락한다. 고다이바의 결정을 전해 들은 영지의 농민들은 그녀가 말을 타고 영지를 도는 동안 문을 걸어 잠그고 불을 끄고 커튼을 치기로 한다. 농민들은 어두운 집 안에서 창을 닫은 채 고다이바의 행진이 끝나기만을 기도한다. 누군가

의 희생으로 아름다운 결말을 맞이하는 이야기를 그다지
좋아하지 않지만, 고다이바의 일화는 다른 의미로 내게
다가왔다.

사람들은 고다이바를 아름다운 소녀로 기억하기를 좋
아한다. 아마 화가 존 콜리어(John Maler Collier, 1850~1934)
의 그림 때문일지 모른다. 이 그림에서 고다이바는 적갈
색 머리카락을 길게 늘어뜨려 늘씬한 몸을 수줍은 듯이
가리고 고개를 푹 숙인 채 영지를 도는 모습으로 묘사된
다. 사람들은 이 이미지를 통해 '아름답고 젊은 백작부인'
고다이바를 연상하고 그녀의 미모와 희생정신을 숭상한
다. 그러나 나는 고다이바가 존 콜리어의 그림에서처럼
수줍어하면서 영지를 돌았을 것으로 생각하지 않는다.

내가 상상하는 고다이바의 모습은 코번트리 대성당
(Coventry Cathedral) 앞에 선 동상의 모습에 가깝다. 제2차
세계대전 때 독일군 폭격을 받아 폐허가 된 코번트리 대
성당을 재건하면서 코번트리 사람들은 고다이바의 동상
을 그 앞에 세웠다. 그 동상은 상체를 곧게 세우고 한 손
으로는 말의 고삐를 틀어쥔 고다이바 부인이 당당히 앞
을 바라보고 있다. 그 모습이 실제 고다이바의 모습에 가
깝지 않을까. 그녀라면 전혀 부끄러워하지 하지 않고 농
민들을 위해 알몸으로 당당히 행진했을 것이다. 고다이바
동상은 흰색도, 노란색도, 갈색도, 검은색도 아니다. 그래

서 그림보다 동상이 더 마음에 든다.

실비아 플라스의 시 〈아리엘Ariel〉에도 고다이바가 언급된다. 자신이 사랑하던 말의 이름을 딴 제목의 시, 〈아리엘〉에서 고다이바는 '어둠 속에 멈추고', '신의 암사자와 하나가 되기를 바라며', '거품으로 밀밭에, 바다의 찬란함에 다다르고', '벽에 녹아', '붉은 눈[眼] 속으로', '화살이 되어 날아간다'. 그러나 플라스는 '고다이바처럼 벗지는 않을 것'이라고 말한다. 타인을 믿으며 알몸 행진을 감행하기에 그녀의 내면은 깊은 상처로 얼룩져 있었다.

실비아 플라스는 종종 '여성 작가'의 전형으로 일컬어진다. 신경질적이고 감정적이며 예민하고 쉽게 우울해지던, 불행한 삶을 비극적으로 마감한 천재 여성 시인. 이런 이미지는 대중에게 칭송되기도 폄하되기도 한다. 불행했던 결혼생활은 그녀의 여리고 유약한 감정 상태를 더욱 극적으로 만드는 요소가 된다. 그러나, 예민함과 우울함, 불안이 과연 여성만이 갖는 감정일까? 오히려 선천적인 예민함과 우울함을 끌어안은 채로 짧은 생애 동안 수많은 창작물을 만들어 낸 그녀를 강인한 사람이라고 말해야 하지 않을까?

세상에는 다양한 사람이 있다. 게다가 한 사람의 얼굴은 하나의 표정만을 짓지 않는다. 벌거벗은 채 자신의 목표를 향해 달리는 고다이바와 같은 인물도 있지만, 고다

이바와는 다른 방법으로 자신의 삶을 의미 있는 것으로
만들어 나가는 사람도 있다.

* * *

2018년 아티스트 레지던시 프로그램으로 캐나다 브리
티시 콜롬비아 주에 있는 던컨(Duncan)이라는 작은 마을
에 머무르게 되었다. 영국에서 석사 졸업을 마치고 비자
가 만료되는 시점이 왔다. 그때 하던 작업이 미진한 감이
있어 좀 더 영미권에 머물고 싶었지만, 미국 레지던시 프
로그램은 경쟁이 너무 치열했고 경쟁이 치열하지 않은 곳
은 자비 부담이 커서 엄두도 못 내던 차에 캐나다 작은 마
을에 있는 레지던시 공고를 접한 것이다.

던컨은 밴쿠버에서 배나 경비행기를 타고 들어가는
빅토리아 섬에 있는 작은 마을이다. 에밀리 카(Emily Carr)
라는 걸출한 화가를 배출한 곳이기도 하다. 빅토리아 항
구에서 차를 타고 한 시간가량 달리면 던컨에 도착한다.
레지던시에 도착한 첫날, 짐을 내려놓고 내가 쓸 스튜디
오를 둘러보고 있는데 중년의 일본인 여성이 문을 열고
들어왔다. 유키코였다. 유키코는 내가 일본인인 줄 알았
는지 일본어로 인사를 건넸다.

그녀는 남편과 함께 최근 캐나다로 이주한 퍼포먼스

아티스트였다. 내가 일본어를 약간 할 줄 안다는 점, 자신과 비슷하게 뒤늦게 미술 작업을 시작했다는 점에 호감을 느꼈는지, 유키코는 자신의 이메일 주소를 알려 주며 저녁 식사에 나를 초대해 주었다. 나 또한 유키코와의 대화가 즐거웠다. 같은 숙소에 머물던 캐나다인 작가 제시와도 잘 맞았지만, 나보다 연배가 높은 그녀가 들려주는 이야기를 듣고 있으면 배울 점이 많았다.

말이 없고 얌전한 인상과는 달리 유키코가 했던 퍼포먼스는 상당히 전위적이었다. 2000년대 초반의 작업이라 디지털로 아카이빙이 되어 있지 않은 게 아쉽다. 웹 사이트나 인스타그램 같은 걸 만들어 보면 어떻겠느냐는 나의 제안에, 그녀는 대답은 하지 않고 웃기만 했다. 휴대폰도 갖고 있지 않은 사람이라 만날 일이 있으면 약속한 시간에 맞추어 그 장소에 나가 있어야 했다. 불편하기도 했지만, 어릴 때로 돌아간 듯한 기분이 들기도 해서 신선했다.

레지던시에 딸린 갤러리에서 개인전을 하는 날, 유키코가 찾아왔다. 내 작업을 한참 보더니, 내일 오전에 농장에서 미술치료 수업을 하는데 괜찮다면 견학도 하고 사진도 찍어 주지 않겠느냐고 제안했다. 내가 승낙하자, 그녀는 주의사항을 알려 주었다. 알코올이나 약물 중독자였던 사람들이나 다운증후군 환자들은 냄새에 민감하니 향수를 뿌리지 말 것, 경계심이 심한 그들을 자극하지 않도록 먼저 인사를 하지 말 것, 두 가지였다.

전혀 몰랐네요. 조심할게요.

수업이 끝나면 지역 예술가들이 만나는 장소에 데려가 줄게요. 당신만 괜찮다면. 한 달에 한 번씩 하나의 주제를 가지고 시를 낭송하는 모임이에요. 주제는 집에 가서 메일로 알려 줄게요.

유키코는 할 말을 마치고는 가벼운 발걸음으로 갤러리 문을 열고 나갔다. 그날 저녁 메일함을 열어 보니 메일이 와 있었다. 주제는 '10대 소녀에게 들려주고 싶은 시'였다. 나는 실비아 플라스의 시, 〈Ariel〉을 골라 종이에 옮겨 적었다.

이튿날 아침, 눈이 우박으로 바뀌는가 싶더니 거센 비가 퍼붓기 시작했다. 유키코가 찾기 쉽도록 미리 갤러리 앞에 서 있었다. 비를 뚫고 그녀의 차가 도착했다. 차 안에는 꽃다발이 가득했다. 모두 수업에 쓸 재료들이었다. 학생들에게 화환을 만들게 할 거라고 했다. 교실에 들어가니 여러 명의 학생들이 앉아 있었다. 나이가 꽤 많은 사람도, 휠체어에 앉은 사람도 보였다.

학생들은 돌아가면서 지난주에 있었던 일들을 이야기했고, 유키코는 한 명 한 명에게 고개를 끄덕이며 반응해 주었다. 이야기가 모두 끝나자 그녀는 한 주 동안 느꼈던 감정을 가지고 화관을 만들어 보라고 했다. 나에게는 손을 사용하기 어려운 사람들을 도와주는 임무가 맡겨졌다. 다들 자기만의 방식으로 책상에 놓인 꽃과 풀, 나뭇가지로 화관을 만들기 시작했다. 마침내 완성된 화관을 저마다 손에 들었을 때 그녀는 화관을 써 보라 권했고, 학생들은 화관을 자신의 머리에 얹었다.

자, 보세요. 우리 모두가 왕이고 왕비예요. 모두 카메라를 보고 웃어 볼까요?

모두의 얼굴에 뿌듯함이 흘렀다. 나는 학생들 얼굴을 하나하나 카메라에 담았다. 재미있는 포즈를 취해 주는 사람도 있었고, 쑥스러워 고개를 숙이는 사람도 있었다. 자신의 얼굴이 찍히고 나서 화관을 벗어 옆에 있는 이에게 씌워 주는 사람도 있었다. 왠지 모르게 뭉클한 기분이 들었다. 정성스럽게 그들의 사진을 찍었다.

오늘 초대해 줘서 고마워요.

유키코는 오히려 오늘 도와주어서 고맙다고, 짧게 답했다. 우리는 시 모임에 가기 위에 다시 움직였다. 언제 폭우가 내렸나 싶게 날씨는 쾌청하게 개어 있었다. 차는 한적한 해안도로로 접어들었다. 어느 정도 달렸을까, 바다가 보이는 집에 도착했다. 노란색 벽에 청록색 타일이 붙은 작고 예쁜 집이었다. 집으로 들어가니 중년 여성들이 우리를 기다리고 있었다. 모임을 주최한 헬렌은 예술품 수집가였다. 내가 도착하자마자 헬렌은 자신의 수집품을 보여 주면서 자랑을 시작했다. 헬렌의 수집품 자랑이 끝나자 모두 테이블에 앉아 한 명씩 돌아가면서 인사를 나누었다. 지난 한 주간의 안부를 나누는 동안 헬렌은 차를 내왔다. 찻잔이 모두에게 돌아가자 헬렌이 명랑한 목소리로 진행을 시작했다.

이제, 준비한 시를 읽어 볼까요? 다들 아시다시피, 이번 주 주제는 10대 소녀에게 들려주고 싶은 시예요. 이 주제를 정한 이유는, 이번에 고등학교에 들어가는 손녀에게 어떤 이야기를 해 줄까 고민하다가, 여기 계신 분들이 추천하는 시와 이야기를 전해 주면 좋겠다고 생각했기 때문이에요. 오늘 특별히 젊은 손님도 와 있으니까, 먼저 낭독을 청해 볼까요?

여덟 명의 시선이 나에게로 향했고, 나는 주섬주섬 직접 손으로 베껴 쓴 시를 꺼냈다. 남 앞에서 시를 낭독하는 것은 고등학교 이후로 처음이라 떨리긴 했지만, 시를 영문으로 낭독하는 건 나름 의미가 있는 일이기도 했다.

영국에서 공부하면서 영어 때문에 받은 차별을 말하자면 한도 끝도 없다. 나는 단지 영어를 그들보다 못할 뿐인데, 언어가 아니라 생각이 모자란 사람으로 치부되곤 했다. 크리틱 수업에서 내가 헨리 8세를 언급하자, 네가 헨리 8세를 아는 줄은 몰랐다며 진심으로 놀라워하던 동기에게 "그래? 난 셰익스피어도 알아"라고 비꼬다가 싸울 뻔한 적도 있었다. 내가 실비아 플라스와 버지니아 울프를 좋아한다고 하자 원문의 느낌을 제대로 이해할 수나 있겠느냐는 태도를 보인 이도 있었다. 나혜석과 차학경의 작업을 설명할 땐 "됐어, 내가 검색해 볼게"라는 대답을 들은 적도 있다. 내 서툰 발음이 듣기 싫었던 거다.

그러나 언어와 국적을 넘어서는 이야기들이 분명히 있다. 경계에 선 사람에게만 보이는 풍경도 있다. 내가 아무리 연습해도 그곳에서 태어난 사람들처럼 말할 수는 없겠지만, 그렇다고 해서 말에 담긴 의미를 영원히 이해할 수 없는 것도 아니다. 오히려 낯선 언어 안에서 더 많은 것들을 발견할 가능성도 있는 법이다.

내가 낭송을 마치자 참가자 중 한 명인 화가 멜리사가

이 시를 고른 이유를 말해 줄 수 있겠느냐고 물었다.

어떤 사람들은 실비아 플라스가 예민하고 유약하다고 말하지만, 나는 그렇지 않다고 생각해요. '강하다'의 기준은 다 다르잖아요. 주변 상황에 예민하게 반응하는 것, 그러면서도 조금씩 앞으로 나아가는 것, 나는 그게 오히려 강한 거라고 믿어요. 그냥 외면하고 지나칠 수도 있는 일들에 하나하나 반응한다는 건 그만큼 강인하다는 증거 아닐까요? 내가 십대라면, 이런 얘기를 듣고 싶었을 것 같아요. 주변 상황이 어떻든지 간에 너는 너의 속도로, 멈추지 말고, 앞으로 나아가, 그걸로 족해, 그런 얘기요. 그래서 이 시를 골랐어요.

나는 영미권 사람이라면 모두 실비아 플라스를 알고 있을 거라고 생각했지만, 이 시를 처음 들어 봤다는 사람도, 심지어 실비아 플라스라는 이름조차 처음 들었다는 사람도 있었다. 나는 어렴풋이 유키코가 이 모임에 나를 데리고 온 이유를 가늠할 수 있었다. 모임의 참가자는 모두 백인 중년 여성이었다. 참가자 중에서 그녀는 유일한 동양 여성이었다.

자신이 선택한 이방의 나라에서 앞으로 유키코는 소수자이자, '브로큰 잉글리시 구사자'로서 살아가야만 한다. 유키코의 수업에 있던 한 여성에 대해 물었던 적이 있다. 유키코는 '내가 하는 말을 교정해 주는 사람'이라고 흘리듯 답했다. 이민자의 정착을 돕는 과정에서 언어 교정은 반드시 필요한 요소라고 누군가는 믿을 것이다. 하지만 그녀는 그 자리에 있던 어느 누구보다도 더 많이 아는 사람이었다. 내 앞에서 상기된 얼굴로 쏟아 내던 아쿠타가와 류노스케와 야마다 에이미에 대한 이야기를 유키코는 그 자리에서는 꺼낼 수 없을지 모른다. 한 달에 한 번씩 정기적으로 그들과 만나면서도 어쩌면 영영 나눌 수 없을지도 모른다. 무라카미 하루키 정도는 이야기할 수 있을지 모르겠지만.

다른 세계로 들어간다는 것은 새로운 것에 익숙해지는 과정이기도 하지만 내가 가지고 있던 것을 버리는 과정이기도 하다. 낯선 세계에서 인간은 한없이 예민해지고 감정적이 된다. 그 길에서 자신을 조금이라도 이해해 주는 사람을 만난다면, 누구에게라도 보여 주고 싶을 것이다. 내가 아는 것들을, 내가 가지고 있던 것들을.

모임이 끝나고 나는 그들의 모습을 카메라에 담았다. 유키코는 자신의 사진은 찍어 주지 않아도 된다고 넌지시 말했다. 이해할 수 있었다.

우리를 움직이는 건 강점이
아니라 약점이었다

"너는 예민한 사람이구나.

2017년 12월 31일, 런던데리(Derry/Londonderry)역에 내렸다. 아일랜드에서는 유서 깊은 도시로, 데리라는 이름은 '참나무숲'이라는 뜻의 아일랜드어 'Doire'를 영어식으로 변환한 것이다. 1613년 영국 식민지가 되면서 런던데리로 도시 이름이 바뀌었지만 여전히 이름에 관해서는 논란이 많다. 공식 문서에는 런던데리라고 표기하지만, 민족주의자 아일랜드인들은 반드시 데리라는 이름으로 자신들의 도시를 부른다. 도시의 이름을 어떻게 부르는지에 따라 정치 성향을 알 수 있다고 한다. 그래서 중립주의자들은 가운데 빗금을 따 '스트로크 시티(Stroke City)'라고 부르기도 한다.

데리라는 작은 지역이 유명해진 건 2002년 폴 그린
그래스 감독이 만든 영화 〈블러디 선데이(Bloody Sunday),
2002〉 덕분이다. '피의 일요일'은 1972년 1월 북아일랜드
데리 중심가에서 영국의 차별 정책에 저항해 진행되던 평
화 행진을 영국 정부가 대규모 군대까지 투입해 진압하면
서 무고한 시민들을 무차별 학살한 사건이다. 북아일랜드
분쟁은 흔히 '개신교 vs 가톨릭' 혹은 '영국 본토인 vs 아일
랜드인' 갈등으로 오해되기 쉽지만, 중세시대부터 영국의
식민지로 갖은 수탈과 종교적 탄압을 당한데다, 영토까지
잘린 아일랜드인 입장에서는 뭐라 하나로 통칭해서 설명
하기 복잡한 사건이다. 이 도시를 방문하기로 결정한 것
은 나이젤 때문이었다.

대학원 시절 매주 월요일 저녁은 나이젤의 수업이었
다. 오후 5시 반에 시작하는 이 수업은 원래는 120분짜리
였지만, 늘 저녁 8시 반이나 9시에 가까워서야 끝났다. 그
의 수업은 초창기 필름영화에서부터 철학비평에 이르기
까지 그 범위가 예상하지 못할 만큼 방대한데다, 오래된
자료들을 공유하는 것만으로도 시간이 모자라곤 했다. 그
는 종종 지금은 아무도 쓰지 않는 비디오테이프나 거의
삭아 가는 종이 자료를 가져오곤 했다. 내용도 지루할 정
도로 어려웠다. 외국인 입장에서는 더더욱 그랬다.

어느 날 나이젤이 만면에 미소를 띠고는, 오늘은 재미있는 영상을 볼 거라며 낡은 배낭에서 오래된 비디오테이프 하나를 꺼냈다. 그가 재미있다고 말하는 영상은 결코 재미있을 리가 없기 때문에 한두 명은 그의 말이 끝나자마자 길게 한숨을 내쉬었다. 그날 나이젤이 가져온 영상은 데리의 한 지역 주민들에 관한 것이었다.

나이젤은 북아일랜드 분쟁에 대해 짧게 설명하고는, "오늘 보여 주고자 하는 건 지나간 역사가 아니라 이들이 '지금 어떻게 문화를 만들어 가고 있는지'에 관한 것"이라고 덧붙이면서 비디오를 틀었다. 우라사와 나오키의 《마스터 키튼》이라는 만화 덕분에 아일랜드와 잉글랜드의 분쟁은 나에게도 관심 있는 소재였다.

데리의 평화 행진과 진압 장면이 담긴 스틸 장면이 2분쯤 흘러가고 조금은 유치한 음악과 함께 심심한 시가지 장면이 화면에 담겼다. 아이들이 웃으면서 종이로 무언가를 만들고 십대로 보이는 청년들이 아이들을 지켜보다가 조언을 건넨다. 카메라가 청년들의 얼굴을 비추자, 청년들은 카메라를 바라보며 "아이들에게 과거 역사를 들려주고 그걸 지역 신문으로 만드는 일을 하고 있다"고 설명한다. 청년들이 설명하는 동안 뒤에서 킥킥거리는 웃음소리가 짧게 들리다 멈춘다. 카메라가 전체 장면으로 전환되고 아이들은 자신들이 만든 신문을 청년들에게 가져다준다. 카

메라 렌즈가 안에서 밖으로 이동한다. 벽화가 그려진 프리
데리(Free Derry) 곳곳이 화면을 채운다. 카메라는 다시 건
물 안으로 시선을 돌린다. 나이가 지긋한 이들은 주방에서
마실 차를 준비하고 있다. 아이들은 응접실에 앉아 담소를
나눈다. 차와 과자가 나오고 모두 한자리에 모여 앉자, 중
년의 사람들이 무어라 말을 시작한다. 아이들은 경청하고
청년들은 그들의 구술을 받아 적는다.

10분 정도 봤을까, 나이젤이 화면을 정지시켰다. 그리
고 소감을 묻는다. BBC 기자로 일한 적이 있다는 동기가
조금 듣기 힘들었다는 감상평을 내놓는다. 사투리가 너무
심해서 알아듣기 어려웠다는 거다. 나이젤이 갑자기 나를
지목하며 너도 듣기 힘들었느냐고 묻는다.

어차피 나한테는 둘 다 외국어라서, 그냥 똑같아요.

웃음기를 띤 나이젤의 표정이 내 대답에 그가 만족했
다는 걸 알려 준다. 그가 다시 입을 열었다.

자신이 가진 것들, 자신을 둘러싼 문화, 자신이 경험하
는 것들…… 이런 것들을 기록하고 발전시켜 나가는 것이
예술을 하는 사람의 가장 기본적인 자질입니다. 그런 의
미에서 이들이 기록한 비디오는 조악하고 아무것도 아닌

걸로 보일 수 있지만, 역사적 경험을 하나의 이야기로 만들고 그 기록을 다른 세대에 전달한다는 점에서, 그리고 그 방식이 평화적이라는 점에서 훌륭하다는 것을 기억하기를 바랍니다. 듣기 어렵다고요? 이들은 자신들의 사투리를 전혀 부끄러워하지 않아요. 그럴 필요가 없죠. 여러분이 가진 것들은 약점으로 보일 수도 있지만, 오히려 그것이 고유한 특질을 만들어 낼 수 있습니다.

학과장이라 업무도 많고 당시 중양을 앓고 있었기 때문에 대부분의 수업은 부교수인 아놀드가 맡아서 했지만, 월요일 강의와 한 달에 한 번 있는 일대일 튜터링을 나이젤은 결코 놓지 않았다. 수업이 너무 길고 어려워서 따라잡기 힘들기도 했다. 하지만 졸업을 한 뒤 머릿속에 남은 것들은 대부분 나이젤의 수업에서 나온 것들이었다. 한국으로 돌아가기 전, 나이젤이 영상에서 보여 준 장소들을 직접 걸어 보고 싶었다.

크리스마스 전날 런던에서 홀리헤드(Holyhead)로 가는 기차를 탔다. 홀리헤드에는 아일랜드로 가는 페리가 있다. 홀리헤드에서 간단히 출국 심사를 마치고 더블린행 페리에 올라탄다. 비행기로 한 번에 가는 빠른 방법도 있지만, 잉글랜드에서 웨일스로 가면서 변하는 풍경을 보는 일이 이번 여행에는 더 어울린다. 더블린에서 크리스마스를 보내고 북아일랜드의 주도, 벨파스트(Belfast)로 향했다. 벨파스트에서 친구들을 만나 이틀을 즐겁게 보내고 그해의 마지막 날, 데리로 가는 기차에 올라탔다. 역에 도착하니 이미 해가 어둑하다. 세밑의 아일랜드는 스산하다. 런던의 화려한 거리와는 달리 조명의 채도는 낮고 거리의 밀도 또한 낮다. 데리는 더욱 그랬다. 역 안에 놓인 시기를 지난 크리스마스트리만이 연말 분위기를 알려 줄 뿐이다. 기차에서 쏟아진 사람들은 누군가의 차에 올라타고, 나는 짐을 챙긴 뒤 우버 앱을 열고 예약해 둔 B&B의 주소를 입력한다.

시내에서 살짝 떨어진 숙소에 도착하니 주인이 나를 기다리고 있다. 초로의 주인은 따뜻한 차와 함께 걱정 어린 말을 건넨다. 새해라서 갈 만한 곳이 없을 텐데……. 그냥 벽화를 보고 거리를 걸어 보고 싶어서 온 거니 괜찮다는 말에, 주인은 안도의 미소를 짓고는 주방에 있는 차와 커피, 초콜릿은 마음대로 꺼내 먹으라며 알려 주고는 자신들의 거주 공간으로 사라진다. 나는 주인이 내준 차를 마시고 컵을 씻어 올려놓은 뒤, 미리 사 둔 빵과 요거트를 냉장고에 넣고 방으로 올라간다. 뜨거운 물로 샤워를 하고 방에 들어와 일기장을 꺼냈다. 몇 시간이 지나면 새해가 될 것이다.

데리의 중심에는 포일(Foyle)강이 흐른다. 강의 오른편에는 기차역과 세인트 콜럼스 공원(St. Columb's Park)이 있고 왼편에는 시가지가 있다. 강의 왼편과 오른편을 크라이게이본(Craigaivon Bridge) 다리와 평화의 다리(Peace Bridge)가 잇는다. 시가지 쪽의 크라이게이본 다리에는 영국 본토와 아일랜드의 평화를 기리는 동상이 서 있다. 시가지 중심에는 17세기에 세워진 데리 성벽(Derry City Walls)이 있다. 성벽은 네 개의 게이트로 출입구를 구분해 두었고, 과거에 사용했던 포차들이 자리를 차지하고 있다. 원래는 문이 하나였지만, 조금씩 개축을 해서 현재는 네 개의 문으로 사람들이 자유롭게 드나들 수 있다. 17세기에 이 성벽은 영국인들과 아일랜드인들의 거주지를 나누던 벽이었다. 런던에서 건너온 영국인들이 아일랜드인의 공격에 대비해 안전을 지키기 위해 세워졌다고 한다. 침략자를 '보호'하기 위한 성벽인 셈이다.

새해 첫날, 나는 개신교 교회와 성당이 모두 자리한 브룩 공원(Brooke Park)에서부터 천천히 걸어서 프리 데리 구역을 거쳐 성벽을 지나 평화의 다리를 건너 보기로 한다.

피의 일요일은 1972년 1월 30일에 벌어졌다. 데리시 민권협의회의 회원이자 하원의원이었던 아이반 쿠퍼(Ivan Cooper)는 평화 시위를 계획한다. 연합주의자와 민족주의

자 사이의 분쟁이 극에 달했을 때였고, IRA(The Irish Repub-
lican Army, 아일랜드 공화군)는 아일랜드의 독립을 위해 폭
력도 불사하며 영국 정부에 맞서 싸웠다. 아이반을 중심
으로 평화 시위를 위해 모인 이들은 데리와 근교에 사는
평범한 아일랜드인들이었지만, 영국 정부는 모든 집회를
폭동으로 규정했고 공수부대가 파견되었다.

여러 복합적인 이유가 있지만, 이날 시위의 가장 결정
적인 이유는 영국 정부가 1971년에 세운 방침 때문이었
다. 영국 정부는 영장 없이 IRA를 체포할 수 있다는 법을
발효시켰다. 그렇지 않아도 아일랜드계 토착민과 영국 본
토에서 온 잉글랜드인 사이의 차별이 심했는데, 이 법이
발효되자 사람들 사이에서 불만의 목소리가 높아졌다. 68
혁명*의 영향으로 학생들 사이에서 민권 운동이 확대되
면서 아일랜드 토착민들은 영장 없는 체포에 반대하는 집
회를 열었다. 그러나 어쨌거나 법적으로는 집회가 금지되
어 있었고, 북아일랜드 자치 정부 총리는 영국군을 배치
했다. 시위 당일, 아이반 쿠퍼는 애초 예정되었던 노선까
지 변경해 가며 평화 시위를 유지하려고 애썼지만, 시위

---

* 1968년 5월 프랑스에서 일어난 사회변혁운동으로, 같은 해 3월
베트남 침공에 항의하던 대학생들이 체포된 것을 계기로 그들의 석
방을 요구하며 5월 프랑스 전역에서 대규모 시위로 번진 혁명이다.

대에 속했던 젊은이들은 분노를 조절하지 못하고 군대를 향해 돌을 던지게 된다. 시위대가 던진 돌은 무차별 폭격으로 되돌아왔다. 13명은 중상을 입었고 14명의 시위대가 목숨을 잃었다.

과거 잉글랜드계와 아일랜드계의 주거지를 나눈 경계였던 성은 데리 시의 한가운데 놓여 있다. 성벽 자체가 그들의 정체성을 가름하는 눈에 보이는 경계였던 셈이다. 드나들 수 있는 게이트가 늘어나도, 차별은 그대로 남았다. 1970년대의 아일랜드 토착민들은 자신의 부모가 아일랜드인이기 때문에 언제라도 IRA로 오해받아 체포될 수도 있다는 불안감을 안고 살아야 했다.

차별의 시발점은 차이다. 당신과 내가 다르다. 당신과 나의 정체성이 다르다. 당신과 나의 배경이 다르다. 당신과 나의 생각이 다르다. 나는, '다름'이 아름다운 것이라고 배웠다. 그러나 차별은 그 다름이, 불이익을 감수해야 하는 것이라고 말한다.

프리 데리 박물관(Museum of Free Derry)과 보그사이드 (Bogside)를 지나면서 벽화들을 카메라에 담았다. 정체성이라는 것에 대해 생각해 본다. 내가 차별을 받게 할 수도, 차별을 하게 할 수도 있는 것. 그러나 버리고 싶다고 버릴 수 없는 것. 차가운 공기를 맡으며 한참을 걸어도 머리가 맑아지지 않는다.

비숍 게이트를 통해 성 안으로 들어간다. 제지하는 사람은 아무도 없다. 만약 내가 17세기에 태어난 아일랜드 부모를 가진 여자라면, 결코 성 안으로 들어갈 수 없었을 것이다. 1972년에 사는 아일랜드 토박이 억양을 가진 젊은이라면 어땠을까. 경찰의 요구에 나의 정체성을 증명해줄 무언가를 내놓아야 했을지 모른다. 하지만 2018년의 나는 그 누구의 제지도 받지 않고 전쟁기념동상 앞으로 혼자 걸어갈 수 있다.

성 안을 헤매며 찬바람을 오래 맞은 탓에 발끝이 시려와 문을 연 카페를 찾아 들어갔다. 80년대 영화에서나 나올 법한 실내 인테리어가 나를 맞는다. 커피 한 잔과 따뜻한 샌드위치를 주문한다. 프릴이 달린 앞치마를 두른 직원은 거스름돈을 내주며 "해피 뉴 이어!" 하고 살갑게 인사한다. 성 안에서 일하는 이 젊은 직원의 부모는 아일랜드계일까 잉글랜드계일까. 나는 한국식 억양으로 "땡큐, 유 투"라고 대답하고는 잔돈을 팁 박스에 넣고 구석 자리에 앉는다.

따뜻한 것을 몸에 흘려 넣으니 기운이 되살아난다. 카페를 나와 타워미술관(Tower Museum)을 거쳐 평화의 다리 방향으로 걸음을 옮긴다. 평화의 다리를 건너 에브링턴

스퀘어(Ebrington Square)에 도착한다. 벤치에 앉으니 나이젤의 얼굴이 떠올랐다.

너는 예민한 사람이구나.

나이젤과의 첫 튜터링이었다. 내가 가져온 포트폴리오를 한참 살펴보고는 나이젤은 예의 그 느긋한 목소리로 입을 열었다. 기분이 좋지 않았다. '여성성=예민함'이라고 말하는 사람들을 많이 만났다. 예민하다는 말이 긍정적으로 들리지 않았다. 예민하다는 것은 무언가가 부족하거나 불안정하다는 의미였다. 반사적으로 눈썹이 치켜올라갔다. '역시, 영국도 다를 게 없군.' 대답 없이 미간만 찌푸리는 내 얼굴을 지그시 바라보던 나이젤이 내 이름을 나직이 부른다.

예민하다는 건, 어디에서도 배울 수 없는 너만의 재능이야. 예민한 사람은 같은 상황을 마주해도 그렇지 않은 사람보다 더 많은 걸 볼 수 있지. 기술이나 지식은 노력으로 습득할 수 있지만, 예민함은 어디서도 배울 수 없어. 칭찬이야.

머리를 한 대 맞은 것 같았다. 예민하다. 내가 부정적으로 생각했을 뿐, 단어의 함의에는 아무런 잘못이 없었다. 이후에도 나이젤은 내가 가진 편견들을 스스로 깨닫게 해 주었다. 내가 가진 특질이 약점이 아니라 장점이 될 수 있다는 것을, 타인의 특질 또한 내가 함부로 재단할 수 없다는 것을.

데리의 풍경을 가만히 바라보았다. '아픈 역사를 지닌 작은 도시'라는 데리의 한 면만 가지고 이 도시를 보려 하면 많은 것을 놓치게 될 것이다. 심각한 갈등과 반목이 있었지만, 그럼에도 아일랜드 사람들은 외지인에게 따뜻한 말을 건넨다. 자신들의 문화를 자랑스러워하고, 끊임없이 과거를 기록하면서도 현재를 성실히 살아가는 사람들이 있는 곳. 하나밖에 없던 성벽의 문을 5세기에 걸쳐 네 개로 넓혀 낸 곳. 성벽 위에서 바라보면, 드넓게 펼쳐진 잔디밭과 돌로 세운 건물들이 아름답게 조화를 이루고 있다.

존재하는 모든 것은 단일화된 무엇이 아니라 복잡하게 이루어진 구성물이다. 내가 가진 것들을 부끄러워하지 않기로 한다. 타인의 다름을 인정하기로 한다. 그런 사람이 될 수 있다면. 새해 첫날, 데리의 강물에 간절한 마음으로 나의 바람을 던져 본다.

이런 세상에서도 나는
길 위에 서서

"어떤 결말이 오더라도.

2021년 11월 26일, 네덜란드 내각은 락다운(lockdown)을 선포했다. 백신 접종률이 70%를 넘어 가면서 '위드 코로나(with Coronavirus)'로 전환한 지 불과 석 달 만이었다. 나는 11월 9일 네덜란드행 비행기를 탔다. 도착한 지 2주 만에 락다운을 맞이한 심정은 솔직히 '올 게 왔구나'였다. 도착하고 보니 마스크를 쓴 사람들보다 쓰지 않은 사람들이 더 많았다. 마스크가 권고 사항이기는 했지만, 기차 안에서 마스크를 쓰지 않고 이야기를 나누는 사람들이 많았고, 대중교통 운전기사들도 마스크를 착용하지 않았다. 2019년 4월에 독일에서 한국으로 들어온 후, 오랜만의 유럽 방문이었다. 네덜란드에 있는 작은 레지던시 프로그램에 합격되어 온 것인데, 오미크론이 급격하게 확산되면서 모든 계획이 다 취소되고 말았다.

이번 락다운은 남아프리카공화국에서 전파된 오미크론(Omicron) 변이에 따른 감염자 확산으로 인한 것이었다. 2021년 11월 28일자 신문기사에 따르면, 오미크론은 지난 11일 보츠와나에서 최초 발견되었고, 세계보건기구에 의해 델타 변이와 동급으로 지정되었다. 면역력이 약한 환자가 백신을 접종받지 못한 상태에서 코로나바이러스19에 감염되었고 바이러스가 몸 안에서 변형을 일으킨 후 전파되었다는 것이 미국과학자연맹의 발표였다. 아프리카 대륙 나라 중 절반이 넘는 나라가 백신 접종률이 2% 이하이다.

락다운을 선포하겠다는 기사가 나가자 19일에 로테르담에서는 반대 시위가 일어났다. '자유를 제한하지 말라'는 것이 그들의 주장이었다. 시위는 폭력으로 변질되었다. 시위대는 상가에 불을 지르고 경찰에게 폭죽을 날렸다. 경찰은 강경 대응했고 시민들 다수가 다치고 130여 명이 연행되었다. 시위 소식을 들었는지, 안전을 묻는 친구의 메시지를 받고 컴퓨터를 켰다. "백신을 의무화하지 말고, 마스크도 쓰게 하지 말라." 그들이 말하는 자유란 과연 무엇일까.

사실 비행기에서 내리면서부터 걱정이 많았다. 코로나바이러스 발발 이후 '아시안 헤이트Asian Hate'에 대한 이야기가 끊임없이 들려왔기 때문이다. 같은 동양계인 한국에서는 '중국인 혐오'였지만, 중국과 일본, 한국을 구분하지 못하는 유럽에서는 '동북아시아 동양인이 곧 중국인'이라는 인식이 강하다. 우리가 외모만으로 미국인과 영국인을 구별하기 어렵듯이, 그들도 한국인도 중국인을 구별하기 어려울 것이다. 지하철, 길거리, 자기 집 앞에서 테러를 당하는 한국인들의 이야기들이 인터넷을 통해, 해외에 거주하고 있는 지인들을 통해 하루가 멀다 하고 들려왔다. 해외 레지던시 프로그램이라는 반가운 결과와 네덜란드 미술관을 자유롭게 들러 볼 수 있겠다는 설렘을 품고 비행기에 타긴 했지만, 내리면서부터 이동이 걱정이었다. 게다가 내가 머물게 될 비젠모르텔(Biezenmortel)은 네덜란드 남동부에 위치한 정말 작은 동네였다. 스키폴 공항에서 기차를 최소 두 번, 좀 더 저렴하게 가려면 세 번을 갈아타야 했다. 기차로 30분만 가면 있는 아인트호벤에서는 그래도 동양인들을 심심치 않게 볼 수 있지만, 비젠모르텔에서 동양인을 만나는 일은 쉽지 않았다. 유럽 어디에서나 볼 수 있는 태국 식당이 딱 하나 있는 동네였다. 도착한 다음 날 버스를 타기 전 정류장 근처에 있는 카페에 들어갔는데, 카페에 있는 거의 모든 사람들이 나를 난생 처음 보는 동물 보듯이 바라봤다.

　내가 머물게 된 레지던시는 세 명의 아티스트가 운영하고 있었다. 레지던시를 운영하는 운영자는 개념미술가라고 자신을 소개한 로잔이었고, 연극 및 공연 연출을 하는 일사, 무대 설치 작업을 하는 메노가 로잔을 도와 레지던시를 운영하고 있었다. 예술학교에서 만난 셋이 의기투합해서 2021년에 국립공원에 있는 집 한 채를 인수해 아티스트 레지던시를 꾸미고 '인터내셔널 오픈 콜(International Open Call)'을 한 것인데, 그들이 초청한 세 번째 아티스트가 나였다.

　서류를 보내고 구글 행아웃으로 인터뷰를 했다. 인터뷰를 할 때에는 다른 아티스트들과 함께 프로젝트를 할 수 있다고 안내받았지만 막상 도착하니 그 공간에 머무는 사람은 나 혼자였다.

　밤에 화장실을 가려고 나가자 복도에 일사와 배우들이 있었다. 일사는 나를 보더니 배우들에게 소개해 주었다. 그 순간 나는 보고 말았다. 그중 한 명이 나를 보자마자 손으로 코와 입을 가리는 것을.

　속으로 '걱정 마, 나 중국인 아니거든?'이라는 말을 떠올렸다가 이내 나 자신에게 혐오감을 느꼈다. 스스로 차별 감수성이 높은 사람이라고 생각해 왔건만 나 또한 '코로나바이러스19=중국'이라는 편견에서 벗어나지 못한 것이다. 나 스스로에 대한 부끄러움이 이곳에 머무는 내내 떠나지 않았다.

레지던시가 국립공원 안에 있어 자전거가 없으면 외부로 나가는 일이 어려웠다. 로잔이 창고에 있는 자전거의 비밀번호를 알려 주긴 했지만 탈 수가 없었다. 페달 브레이크가 달려 있었고, 내 키에는 안장이 너무 높았다. 안장을 낮추려다가 고장이라도 날까 싶어 슈퍼마켓까지 왕복 한 시간 반을 걸어 다녔다. 전자레인지가 없어 가져온 즉석밥도 데워 먹지 못했고, 무언가를 물어보려고 해도 셋 다 레지던시를 계속 비우면서 내가 보낸 메시지에 제대로 답하지 않았다. 화장실 문이 이유 없이 잠겨 갇혔을 때 분명히 그들이 말하는 소리가 들려 이름을 불렀는데 대답하지 않았고, 도움을 요청하는 왓츠앱 메시지를 30분 뒤에야 확인하고는 내가 장난을 치는 줄 알았다고 답해서 나를 어이없게 만들었다.

결국 인터넷에서 정보를 찾기 시작했다. 비젠모르텔에 대한 정보가 너무 없어 페이스북에 있는 네덜란드 한인회에 글을 올렸다가 비젠모르텔에서 가까운 덴보스(Den bosch)에 사는 한국인 작가 한 분을 알게 되었다. 네덜란드인과 결혼해서 덴보스에 거주하고 있던 그녀는, 비젠모르텔 근처가 시댁이라며 다양한 정보를 주었고, 덕분에 필요한 것들을 준비할 수 있었다.

고마운 마음에 커피라도 대접하려고 덴보스에서 만날 약속을 잡았다. 덴보스 역에 내려서 그녀를 만나 함께 운하를 걷던 중에 한 남자가 우리를 보더니 인사를 건넸다. 산책길에 마주치면 인사를 주고받는 건 유럽에서 흔한 일이라 우리도 반갑게 "할로!"라고 답했는데, 그 남자는 우리의 답을 듣자마자 입술을 이죽거리더니 "퍽킹 아시안!"이라는 말을 내뱉고는 재빠르게 우리를 스쳐 지나갔다.

해외 생활을 하다 보면 인종차별 발언에는 어느 정도 익숙해지기 마련이다. 동양인 여자 혼자 다니면 '캣콜링(Cat Calling)'이라고 하는 '노상 성희롱'을 당하는 일도 다반사다. 뉴욕 한복판엔 캣콜링 금지 표지판이 설치되어 있을 정도이다. 혼자 왔느냐 묻거나 커피나 한잔하자면서 팔짱을 껴 오거나 "니하오", "곤니찌와"라는 인사말과 함께 치근덕거리는 경우는 수도 없이 겪었다. '칭챙총(Ching Chang Chong, 동양인의 작은 눈을 비하하는 인종차별적인 표현)'이라거나 '옐로우 몽키', '호어(whore, 창녀)'라는 비하의 표현을 대놓고 하기도 한다. 프랑스에서 지낼 때는 길 한복판에서 한 남자가 내 앞에서 바지 앞섶을 열고 자신의 성기를 꺼내어 보여 준 적도 있고, 버스 옆 자리에 앉은 아저씨가 나를 보더니 스마트폰에서 아시아 여성의 포르노 사진을 찾아 들이댄 일도 있다.

해외에서 체류하는 기간이 길어지면 직접적인 차별은 줄어들지만 은근한 차별에 맞닥뜨린다. 레스토랑에 갔을 때 테라스석이나 좋은 자리를 주지 않는다든가, 분명 나와 눈을 마주쳤는데도 일부러 주문을 받으러 오지 않는다든가, 내가 주문한 메뉴의 발음을 못 알아듣는 척하거나 심한 경우 다른 걸 가져다준다든가 하는 교묘한 차별이 지속적으로 일어난다.

해외에서 공부를 하게 되면 은밀한 차별과 직접적인 차별을 동시에 겪게 된다. 내가 한 발언이 무시되는 경우도 있고, 내가 낸 의견이 부적절하거나 논리적이지 않다고 공격을 당하기도 한다. 석사 과정에 들어갔을 때, 인도인 동기가 나를 과대표로 추천하자 영국인 동기가 "영어를 원어민처럼 구사하지도 못하는데 과대표 역할을 제대로 할 수 있겠느냐'며 반대했다. 그 동기는 영어를 잘 구사하지 못하는 중국인 유학생들을 발표 수업 시간에 '돌려까기'로 무시하기도 했는데, '불을 꺼 달라'는 말을 군이 중국어 번역기를 돌려 프레젠테이션에 삽입한 것이다. 외국에서 대학 생활을 할 정도면 영어를 아무리 못해도 'turn off' 정도는 알아들을 텐데 말이다. 장난이었다고 둘러대긴 했지만, 그 장난 기저에 중국 학생들에 대한 조롱이 섞여 있다는 것은 아마도 본인만 모르는 사실일 것이다.

외국 생활이 길어질수록 저급한 차별에는 점점 익숙해지고, 기분은 나빠도 그런 차별의 말들이 일상을 잠식하지는 않는다. 그런데 이번의 경우는 다른 국면으로 당황스러웠다. '아시안'이라는 단어를 정확히 사용하면서 욕을 한 경우는 처음이었다.

덴보스에 있는 아시안 마켓에 들러 몇 가지 음식을 사서 나오는데, 이번에는 흑인 남자가 내 얼굴을 힐끗 보더니 욕을 내뱉었다. 며칠 후 로테르담에 들렀을 때는, 미술관 가는 길에 나를 본 흑인 남자가, "You are ugly ugly, woman, Chinese!"라고 고성을 지른 적도 있다. 못 들은 체 지나갔지만, 불쾌한 기분이 온몸에 끈적하게 들러붙었다.

도널드 트럼프가 인터뷰를 하면서 'COVID-19'에 밑줄을 긋고 'Chinese'라고 쓴 장면이 뉴스 화면을 통해 전 세계에 퍼졌고, 그 순간 바이러스는 '중국인에게서 온 것'으로 각인되었다. 트럼프는 극우 집단의 표를 얻기 위해 이런 전략을 취하면서 동양계에 대한 인종차별을 대놓고 드러냈다. 정치인들이 지지층을 두텁게 하기 위해 선택하는 전략 중 가장 쉬운 것, '외부에 적 만들기.' 트럼프의 이 전략은 성공했다. 팬데믹이라는 상황을 핑계로 혐오를 쉽게 드러낼 수 있는 물꼬가 열린 것이다. 바이러스의 진원지가 중국인 것과 중국인, 혹은 아시안 자체가 바이러스

덩어리라고 말하는 것은 전혀 다른 맥락이다.

2020년 초 아마존에는 'I am not a Chinese'라는 티셔츠가 판매되다가 사라졌다. 하지만 사진이 복제되어 국내 인터넷 이용자들 사이에서 중국인 혐오의 밈(meme)으로 떠돌았다. 그 사진이 올라간 화면의 댓글에는 '착한 짱개는 죽은 짱개'라는 한국어가 남겨져 있었다.

사람들은 자신이 피해자가 될 수 있다는 사실은 꿈에도 생각지 못하는 듯했다. 팬데믹이 끝나더라도, 한번 둑이 터진 혐오 발언은 쉽게 줄어들지 않을 것이다. 불호의 감정을 갖는 것과 겉으로 혐오를 드러내는 일은 완전히 다른 영역이다. 타자는 곧잘 혐오의 대상이 되지만, 따지고 보면 우리 모두가 타자다.

런던에서 공부하던 시절, 오버그라운드를 타고 햄스테드 공원으로 촬영을 가던 길이었다. 등에는 대형 카메라를 메고 손에는 삼각대를 들고 있었다. 기차가 들어오는 것을 보고 플랫폼 가까이 다가갔는데, 십대로 보이는 아이들이 "Chinese, go home!"이라고 외치며 부서진 의자를 나를 향해 던졌다. 천만다행으로 의자가 나를 맞히지 못하고 내 발 옆으로 떨어졌지만, 만약 의자가 나를 맞혔다면 나는 선로로 떨어졌을 것이고, 이미 플랫폼에 들어선 기차에 그대로 치여 죽었을 것이다. 공포로 질린 나는 뒤를 돌아보지도 못한 채 서둘러 기차에 올라탔다.

　다음 날, 학교에 가서 영국인 친구에게 이 이야기를 전했다. 그녀는 나를 안쓰러운 표정으로 바라보면서 말했다. "근데, 걔네 아마 영국인은 아닐 거야. 동유럽 애들이 주로 그런 짓을 저질러" 그녀를 열려 있고 고정관념이 없는 사람으로 생각했던 나는 어이가 없었다. "너 지금 네가 하고 있는 말이 차별 발언인 걸 알고 있니?" 그녀 얼굴이 빨개지기 시작했다. 그 이후로 우리는 사이가 서먹해졌다. 어디까지가 차별이고 어디까지가 차별이 아닌가. 그걸 확실하게 규정지을 수 있는 방법은 어디에도 없다. 그녀 말에는 악의가 없었지만, 의도만으로 차별을 피할 수는 없었다. 사실 그녀에게 화를 낸 나 역시도 차별과 혐오에 관한 한 무결할 수 없다. 한 사람의 위치는 고정된 것이 아니니까. 해외에서 나는 소수자이지만, 다른 곳, 다른 상황에서 특권을 가진 사람일 수도 있다.

　유럽에서 오래 산 후배는, 네 번째 손가락에 반지를 끼고 다닌다고 했다. 현지에 남편이 있는 것처럼 결혼반지를 끼면 부당한 일을 당하는 경우가 현저히 줄어든다고 했다. 여행자나 학생으로 보이면 더 함부로 대한다는 거였다. 반지라도 하나 사서 손가락에 끼워야 하나.

　낯선 세계를 탐험하는 것은 내가 가장 즐거워하는 일 중의 하나였다. 부당한 일을 당한 적도 있지만, 대개의 경우는 상식적인 선에서 문제를 해결할 수 있었다. 그러나 타고난 정체성이 공격의 빌미가 된다면, 그런 세상에서도 나는 길 위에 서서 새로운 것들을 탐닉할 수 있게 될까.

　마스크를 쓰게 하는 정부의 방침에 반대한다고 도로에 불을 지르고 주차되어 있는 자전거를 부수는 네덜란드인들의 시위 장면을, 난방이 잘 되지 않아 추운 방에 앉아 오들오들 떨며 바라보았다. 이 세계 어디에서는 백신을 맞지 않을 자유를 얘기하고, 어디에서는 맞고 싶어도 맞을 수 없어 죽어 간다. 변이가 계속 생기는 이유 중 하나가 아프리카와 유럽의 백신 접종률 차이라는 것을, 저 시위대 중 몇이나 알고 있을까. 오미크론의 빠른 확산으로 병상이 없어 독일까지 환자를 이송하는 상황임에도, 기차 안에서 거리낌 없이 음식을 먹는 이들을 목격할 때면 개인의 자유가 어디까지 허용되어야 하는 건지 혼란스러워진다.

　귀국을 앞당기기로 하고 일정을 조율하기 위해 인터넷 검색을 하던 중 반가운 기사를 발견했다. 쿠바의 의료진들이 자체 백신과 치료제를 개발했는데, 임상 실험 결과도 안정적이고 효능도 뛰어나 바이러스 전파나 중증 발병, 사망을 막아 준다는 내용이었다. 자체 개발한 백신 3종을 세계보건기구에 승인 신청했고, 지식재산권도 풀어서 최소

한의 이윤만 붙여 세계에 공급한다고 한다.

아시안이라는 정체성, 여자라는 정체성 때문에 나는 더 많은 것을 볼 수 있었다. 더 예민하게 반응한 덕분에 소수자들, 가려지는 것들에 시선을 둘 수 있었다. 나에게 베풀어진 친절을 당연하게 받아들이지 않을 수 있었다. 세상에 당연한 것은 아무것도 없다.

서울행 티켓을 예매하고, 일정이 줄어드는 바람에 미처 만나지 못한 독일과 오스트리아에 사는 친구들에게 메일을 보냈다. 내가 낯선 길에서 방황할 때 따뜻한 손을 건네주었던 친구들이다. '코로나가 잠잠해지면 다시 올게. 그때는 꼭 만나서 맛있는 걸 먹으면서 수다를 떨자. 우리가 만났던 사람들과 우리가 겪었던 일들에 대해, 얼굴을 마주하고 이야기를 나누자. 그러고 나면 나는 또 새로운 길에 설 수 있을 거야. 다시 만날 때까지, 안녕.'

2부

안녕,

고마웠어요

아네스 바르다가 사랑한 해변

"멋진 사람들을 우연히 만나는 게 좋았어.

우연이야말로 최고의 조수였거든.

아네스 바르다와 JR의 영화 〈바르다가 사랑한 얼굴들(Vis-ages, Villages, 2017)〉은 아네스 바르다와 JR이 같은 장소에서 스쳐 지나가는 장면으로 시작한다. 길과 정류장, 카페와 클럽에서 두 사람은 같은 장소에 있었지만 서로를 몰랐다.

JR의 제안으로 두 사람은 프로젝트를 시작하고 프랑스 전역을 다니면서 서로를 알아 가기 시작한다. 폐광지에 남겨진 부인, 시골 마을에 편지를 전하는 우체부, 염소의 뿔을 자르지 않는 낙농업자, 항만 근로자들의 아내 등 다양한 이들을 만나고 이들을 찍은 사진을 거대하게 출력해 곳곳에 붙인다.

영화 속 모든 에피소드가 어느 하나 버릴 것이 없지만, 내 눈에 유독 도드라지게 들어온 것은 자신의 신체가 '노화되어 가는 과정'을 있는 그대로 받아들이는 바르다의 모습이었다. 바르다는 JR과의 대화나 병원을 다니는 모습을 통해, 시력을 잃어 가고 관절이 약해지는 과정을 있는 그대로 보여 준다. JR은 오래 걸을 수 없는 그녀의 발을 사진으로 찍어 화물열차에 붙이고, 55살이나 젊은 후배의 유쾌한 장난에 바르다는 즐거이 동참한다.

마흔이 넘어가니 몸이 조금씩 고장 나는 소리가 들린다. 평균 수명이 늘어난 만큼 건강한 상태도 늘어나면 좋을 텐데. 이십대에 몸을 너무 혹사시켜서인지, 삼십대에 길에서 보낸 날들이 많아서인지 하루하루 '늙어 가고 있다'는 사실을 체감하고 놀랄 때가 많다. 가끔씩 몸과 함께 마음까지 축 처져 급격히 의욕을 잃고 우울해지기도 한다. 아네스 바르다는 어떻게 그토록 밝게 늙어 가는 과정을 수용하고, 타인과 세계를 따뜻한 시선으로 바라볼 수 있었을까? 영화를 보는 내내 그런 그녀의 모습이 아름답고 신기했다.

아침에 눈을 뜨니 침대 옆 탁자 위에 와인 찌꺼기가 말라붙어 있었다. 휑하기 짝이 없는 이 집을 내 공간으로 꾸며 보겠다고 동네 쇼핑몰에 있는 인테리어 숍들은 물론 기차와 버스를 번갈아 타고 이케아까지 가서 이것저것 사들였다. 최대한 돈을 아끼려고 두 시간을 꼬박 걸어서 들고 온 탁자도 있다. 폐 끼치기 싫어 모든 걸 혼자 힘으로 해결하려고 했던 바보 같은 내 모습이 떠올랐다. 탁자 위를 한동안 우울하게 바라보았다. 그러다 문득, 바르다가 보고 싶어졌다. 아녜스 바르다는 〈아녜스 바르다의 해변(Les Plages d'Agnès, 2008)〉에서 바다를 향한 각별한 애정을 드러낸 적이 있는데, 내가 있는 곳이 바로 그녀가 사랑했던 프랑스 북부의 해안도시, 노르망디였다. 프랑스어 자격시험 결과가 나오려면 한 달여를 기다려야 했다. 주소를 서울의 집으로 적으면 인증서를 서울로 보내 준다고 했지만, 프랑스 우체국 시스템마저 믿지 못하게 된 나는 내 손으로 인증서를 받아서 돌아가리라 마음먹었다. 그동안 노르망디의 해변들을 순례하기로 했다. 특히 영화에 나오는 '생 토방 쉬르 메르(Saint-aubin-sur-mer)'는 꼭 가 보고 싶었다.

가까운 에트르타(Étretat)부터 디에프(Dieppe), 쉘브르(Cherbourg), 덩케르크(Dunkerque)까지, 나는 벼룩시장에서 산, 머릿속이 텅 비어 있는 인형을 손에 든 채 바다를 헤맸다. 늦은 겨울과 봄 사이의 바닷바람이 얼굴을 거세게 때렸지만 시원한 느낌이었다. 행락객이 거의 없는 노르망디의 바닷가들을 지칠 때까지 걸었다. 자갈밭이었던 해변은 북쪽으로 올라갈수록 점점 고운 모래로 바뀌었다. 모두 저마다의 아름다움이 있었다. 자갈이 깔린 디에프 해변에서는 파도가 밀려나갈 때마다 경쾌한 소리가 들렸고, 짙은 개흙으로 된 덩케르크 해변에서는 발바닥에 부드럽게 감겨드는 생경한 촉감과 함께 밤바다 속으로 빠져들 것만 같은 매혹을 느꼈다. 그리고 깽(Caen). 생 토방 쉬르 메르가 깽에 있었다.

〈바르다가 사랑한 얼굴들〉에서 이 바다는 아녜스 바르다가 먼저 세상을 떠난 옛 친구 기 부르댕(Guy Bourdin)을 추억하는 장소로 나온다. 기 부르댕의 사진은 내가 사진을 처음 시작하겠다고 마음먹었을 때 좋아했던 작업들이다. 그러나 공부를 더해 가면서는 복잡한 감정이 들었다. 초현실적인 구도와 감각적인 색감 아래 여성의 신체를 대상화하는 느낌이 들어서였다.

후지와라 신야의 책을 읽으면서 여행하고 글 쓰고 사진을 찍으며 살고 싶다고 막연히 생각했고, 그래서 뒤늦게 사진을 배우기 시작했다. 내가 발을 들인 사진의 세계는 남자들의 세계였다. 사진예술 세계에서는, '훌륭한' 작가가 되려면 진정성이 있어야 한다고 했고, 그들이 말하는 진정성이란 '강한 남성성'을 뜻했다. '캐논'이라는 말이 대포라는 의미도 있지만, 발기된 남성 성기와 상통한다고 말하는 사람도 있었다. 좋은 사진을 위해 모델의 신체를 가학적으로 다루기도 했다. 결과만 괜찮다면 그것도 아름다움이라고 했다. 나는 여성 모델들의 매끈한 몸을 찍고 싶지도, 줄로 묶어서 천장에 매달고 싶지도, 섹스하는 장면을 찍어서 보여 주고 싶지도 않았다.

헤매다 뉴욕으로 떠났다. 그곳에서 소피 칼, 낸 골딘, 클로드 카훈, 사라 루카스, 그리고 아녜스 바르다의 이름을 들었다. 그들을 통해 '진정성'이 곧 '남성성'은 아니라는 사실과 타인의 시선에 기대지 않는다면 자신만의 세계를 창조할 수 있다는 걸 배웠다. 가끔 내가 그때 서울에 계속 남았더라면 어땠을까를 상상하면 아찔하다. 언어가 통하지 않는 외국 생활은 언제나 고독했지만, 그럼에도 마음이 통하는 이들을, 더 넓은 세계를 만날 수 있었다. 영화 속에서 바르다가 말했듯이 "멋진 사람들을 우연히 만나는 게 좋았다".

노년의 아녜스 바르다는 생 토방 쉬르 메르의 바닷가에서 사진작가 기 부르댕과의 추억을 회상한다. 그녀와 JR은 바르다가 젊은 시절 직접 찍은 기 부르댕의 사진을 커다랗게 출력해 바닷가에 버려진 벙커에 붙인다. 그런가 하면, 장 뤽 고다르에게 만남을 청하는 메일을 보낸 뒤 스위스까지 그를 찾아간다. 불행히도 그는 그녀에게 문도 열어 주지 않는다. 그녀는 울먹이면서 의기소침해지지만,

그의 집 문고리에 그가 좋아했던 가게의 빵을 걸어 두고 돌아선다. 나는 그녀가 타인에 대한 기억을 하나같이 아름답게 간직하고 있다는 사실이 놀라웠다. 모두가 그녀에게 친절하지도, 그녀를 온전히 이해하지도 않았을지 모른다. 하지만 그녀는 과거를 그 자체로 소중하게 가슴에 품는다.

그녀는 과거에만 머물지 않았다. 2018년 칸영화제 레드카펫 위에서 82명의 여성 영화인들과 함께 '성평등 촉구 행진'을 벌였다. 남성 중심적인 칸영화제를 비판하기 위해서였다. 〈노래하는 여자, 노래하지 않는 여자〉, 〈5시부터 7시까지 클레오〉, 〈방랑자〉 등에서 바르다는 우리가 사는 사회의 문제들을 날카롭게 지적한다. 그러면서도 세상에 대한 애정 또한 잃지 않는다. 바르다는 어떻게 상반된 그 두 가지를 오랜 시간 지속할 수 있었을까.

좋아하고 존경했던 작가들에 대해 실망하게 되는 일이 잦아졌고, 같은 생각을 하고 있다고 믿었던 이들과 삶의 여러 국면에서 틈이 벌어지기 시작했다. '혼자인 여자'는 여전히 미완의 존재라는 말을 은연중에 내뱉은 기혼자 친구에게 더 이상 아무렇지 않게 연락할 수 없었다. 나는 지금 제대로 된 길을 가고 있는 걸까. 어렵게 찾은 생 토방 쉬르 메르 바닷가에 한참을 앉아 이런저런 생각을 떠올리고 지웠다.

생 토방 쉬르 메르에서 숙소까지 한 번에 가는 버스는 없었다. 게다가 일요일이어서 바닷가 근처 버스는 이미 끊겨 있었다. 날이 어둑해지기는 했지만, 프랑스 시골은 이미 익숙한 터라 버스가 다니는 주택가를 향해 걷기 시작했다. 얼마 걷지 않아 주변이 완전히 깜깜해졌다. 밤의 길은 낮에 만난 길과는 완전히 딴판이었다. 밭과 덤불을 헤쳐 조금 걷다 보면 집이 몇 채 나오고, 다시 어두운 길을 걷다 보면 불빛들이 나오기를 몇 차례 반복하다가 마침내 정류장을 찾았다. 한적한 정류장에는 행색이 초라한 사내 하나가 배낭을 메고 앉아 샌드위치를 먹고 있었다. 기다리는 승객이 있는 걸 보니 버스가 끊기지는 않은 모양이었다. 사내와 조금 멀찍이 자리를 잡고 앉았다.

버스를 기다리며 정류장에 덕지덕지 붙은 종이들을 훑어보았다. 그러다 눈에 들어온 글자, 'ATTENTION, Disparue Léopard(주의, 표범 탈출)'. 근처 동물원에서 표범이 탈출했다는 경고문이었다. 표범 사진과 발견했을 시의 연락처, 동물원 이름이 아래에 적혀 있었다.

사진 속 표범을 들여다보면서 생각했다. '표범이 탈출했다는 사실을 미리 알았다면, 이 캄캄한 밤길을 혼자 걸어 여기까지 올 수 있었을까?' 그것을 깨닫는 순간, 삶의 비밀을 하나 알게 된 듯했다. 누구도 미래에 무엇이 놓여 있는지 알 수 없다. 하지만 알 수 없는 채로도 우리는 여기

까지 왔다. 어쩌면 지금도 내 주변을 어슬렁거리고 있을지
모를 표범. 그것이 내 삶을 어디로 끌고 갈지는 알 수 없지
만, 이제 조금은 설레는 마음으로 기다릴 수 있을 것 같다.
다음엔 나의 뷰파인더 속으로 무엇이 들어오게 될까?

영화 속에서 바르다는 말한다.

"우연이야말로 최고의 조수였거든."

느린 속도로 내가 탈 버스가 정류장으로 들어오고 나
는 버스 카드를 쥔 손을 흔들어 기사에게 타겠다는 의사
표시를 한다.

릴을 거쳐 런던에 갔다가 다시 파리로 돌아와 시간을
보내고 독일로 떠나려는 무렵, 비보가 들려왔다. 아녜스
바르다의 부고였다.

아녜스 바르다는 91년을 살고 65년 동안 영화를 만들
었다. 유작이 되어 버린 〈아녜스가 말하는 바르다(Varda par
Agnès, 2019)〉에서 그녀는 상품 가치가 떨어지는 하트 모양
감자에 관심을 기울이고, 거리와 시골에서 만난 평범한 이
들의 이름을 불러 주고, 자신과 오랫동안 함께 살아온 고
양이의 장례식을 카메라에 담는다. 일상에서 일어나는 소
소한 일들이 그녀에게는 크고 의미 있는 것이 된다.

그렇게 하루하루를 지내다 보면 누군가를 미워할 겨를도, 오지 않은 일을 미리 걱정할 일도, 노쇠해 가는 몸을 원망할 시간도 없을 것이다. 영화는 바르다가 자신이 사랑한 바닷가에서 "난 가요, 안녕"이라고 경쾌하게 인사하는 장면으로 끝을 맺는다. 마치 영원한 작별을 예견이라도 한 듯, 이 영화의 마지막 장면은 실제로 그녀의 마지막 인사가 되었다.

2019년 2월 9일자 〈할리우드 리포터〉와의 인터뷰에서 아네스 바르다는 '여성으로서 나이 들어간다는 것'에 대해 묻는 기자에게 이런 답변을 남겼다.

"감자가 시간이 지나면서 어떻게 변하는지를 지켜보았죠. 오래된 감자는 정말로 아름답습니다. 이런 기분을 느껴야 할 거예요. 고통스러워하지 마세요. 감자가 되어 보세요."

독일로 향하는 기차 안에서 조금 울었다.

돌아가서 만나게 될 과거의 사람들에 대한 편견을 내려놓자. 내가 가진 빈약한 조건들에 집착하지 말자. 미래를 예단하지 말자. 그저 내가 있는 곳에서, 내가 어떤 모습인지 느끼자. 감자가 쪼그라들면서 '다르게' 바뀌듯이, 쪼그라들면서 달라질 나를 기대해 보자. 그리고 결심이 흔들릴 때면, 바르다를 떠올리며 바라보았던 노르망디의 바다를 불러내자. 그런 것들을 머릿속에 새겨 넣었다. 그리고 마음속으로 바르다에게 인사를 건넸다. 안녕, 고마웠어요.

에밀리 브론테의 언덕에서

"청량하고 깨끗한 바람이라는 게 이런 것이구나.

하워스(Haworth)의 초겨울에 눈에 띄는 것은 바람과 건초뿐이다. 하워스는 '입술을 움직여 기도하는 오직 하나는, 내 심장을 그대로 두고 자유를 달라'*고 기도했던 에밀리 브론테(Emily Brontë)의 고향이다.

에밀리 브론테라는 이름으로 출간된 소설은《폭풍의

---

* And if I pray, the only prayer
  That moves my lips for me
  Is - 'Leave the heart that now I bear
  And give me liberty

  -Emily Brontë, 〈The Old Stoic〉

언덕(Wuthering Heights)》하나뿐이고, 자매들과 함께 남자 이름으로 된 시집 한 권을 남겼으며, 서른 살의 젊은 나이로 생을 마감하기 전 자신의 글을 직접 태워 버린 전설적인 작가. 끝없이 펼쳐지는 초원과 쉴 새 없이 불어 대는 거센 바람만이 가득한 황량한 요크셔의 작은 마을에서 생애 대부분을 보냈던 한 여인이 가장 염원했던 것은 바로 완전한 자유였다.

공부를 위해 집을 떠나야 했을 때를 제외하고는, 에밀리 브론테는 자신의 짧은 생을 하워스라는 작은 마을 안에서 보냈다. 그녀 자신이 그 작은 마을에 머무르기를 누구보다 원했다. 내가 상상하는 자유란 늘 어딘가로 떠나는 것이었다. 어디에도 구속받지 않고 내가 가고 싶은 곳으로 떠나는 것. 그녀가 갈망하던 자유란 과연 어떤 것이었을까.

하워스는 요크셔 지방에 있다. 요크셔는 잉글랜드에서도 녹지가 가장 풍성한 지역이고 양을 키우는 농가가 많아 방직업이 발달한 지역이다. 외국인들에게는 요크셔 푸딩 같은 요크셔 전통 음식으로, 영국인들에게는 '티케(Tyke)'라는 요크셔 사투리로 유명하다. 18세기 석탄 채광이 시작된 이후로 증기기관차들이 다니는 철로가 곳곳에 설치되었는데, 하워스에서 케일리까지 가는 증기기관차는 여전히 운행 중이다. 내가 갔을 때는 겨울이라서 그랬는지 운행이 임시 중단된 상태였다. 증기기관차를 타지 못하는 게 아쉽긴 하지만, 어쨌거나 떠나는 마음은 가볍다. 런던에서 기차를 타고 리즈(Leeds)역에서 내려 케일리까지 가는 기차로 갈아탄다. 기차역에 도착해서 조금 떨어진 케일리 종합 버스 정류장에서 버스를 타면, 하워스에 도착한다. 여름이었다면 히스꽃이 만발한 너른 들을 볼 수 있었겠지만, 내가 하워스를 방문했을 때는 늦가을. 꽃밭 대신 바람과 바람에 잔뜩 몸을 눕혀 옆으로 자라는 건초들이 나를 반긴다.

버스 정류장에 내려 예약을 해 둔 브론테 자매의 생가가 있는 페닌 빌리지(Pennine Village) 근처 B&B를 찾는다. 숙소 앞에 도착하니, 주인이 잠시 자리를 비웠다는 문구가 문 앞에 걸려 있다. 숙소 앞 벤치에 짐을 내려놓고 멍하니 풍경을 바라본다. 마치 몇 세기 전 풍경 속에 들어와 있는 듯, 돌로 마감된 도로가 눈에 들어온다. 얼마나 지났을까, 주인의 작은 차가 주차장으로 들어선다.

주인에게 열쇠를 건네받아 방에 짐을 대강 풀고 나오니 밖은 이미 어둑해져 있다. 비가 내리기 시작한다. 우산을 꺼내 들고, 25분 거리의 슈퍼마켓에 가서 저녁으로 먹을 빵과 샐러드팩, 물 한 병을 산다. 들리는 것이라고는 빗소리와 바람 소리뿐이다. 거센 바람에 우산 속으로 비가

들이친다. 숙소로 돌아오니 옷도 몸도 홀딱 젖어 있다. 옷을 벗고 욕조에 따뜻한 물을 받는다. 미리 타 둔 따끈한 차를 마시면서 욕조에 들어앉아 휴대폰으로 하워스라는 곳에 대해, 브론테 자매들에 대해 다시 찾아본다. 그렇게나 자유를 갈망했던 그녀가 하워스라는 작은 마을에서 평생 살기 원했다는 정보가 사실일까.

나에게 에밀리 브론테라는 인물은 프랑스 영화 〈브론테 자매(Les Soeurs Brontë, 1979)〉의 이자벨 아자니의 모습으로 각인되어 있다. 앙드레 테시네가 감독한 이 작품은 솔직히 재미있는 영화는 아니다. 감독이 브론테 가족의 연대기를 곧이곧대로 그려 내겠다고 결심이라도 한 것인지, 세 자매와 남자형제의 삶을 시간 흐름에 따라 카메라에 담은 게 전부다. 세 자매 모두 그럴싸한 연애관계도 없었던 터라, 드라마틱한 전개를 기대하고 봤다가는 30분 만에 곯아떨어질 게 뻔한, 그런 영화다. 그러나 바지를 입고 황량한 초원을 거침없이 뛰어다니는 에밀리 브론테, 나뭇가지와 풀을 끝없이 흔들어 대는 세찬 바람, 거대하게 펼쳐진 황무지는 어린 내 눈을 사로잡기에 충분했다.

어릴 적, 진심으로 남자애들이 안됐다고 생각했던 적이 있었다. 남자애들은 바지밖에 입을 수 없다는 이유에서였다. 여자는 바지도 치마도 입을 수 있으니 여자에게 더 많은 선택권이 있다고 착각했던 것이다. 어린 날 어느 명절에 친척들이 모두 모였을 때 건넌방 구석에 놓여 있던, 사촌오빠의 오래된 한복을 입겠다고 대뜸 외할머니에게 졸랐다. 언제나 그렇듯 외할머니는 내 요청에 아무 말 없이 응해 주었다. 한복을 입혀 주고 대님과 옷고름을 매어 주었다. 한복을 입고 신난 김에 윗집에 놀러가기도 하고 뒷산에 올라가서 밤 따위를 주워서 의기양양하게 돌아왔는데, 외할아버지의 언짢은 표정이 눈에 들어왔다. 어릴 때부터 외할아버지와는 별다른 대화를 하지 않는 사이라 왜 나를 보고 저런 표정을 짓나 의아했는데, 곧이어 할아버지의 낮은 웅얼거림이 귀에 들어왔다. "계집애가 드세서, 영……." 영문을 몰라 외할머니를 쳐다보니 할머니는 그저 웃고만 있을 뿐이었다. 계집애가 드세다는 게 무슨 뜻인지, 그게 남자 한복을 입은 것과 무슨 상관인지 어렸던 내가 제대로 이해할 수는 없었다. 다만, 외할머니를 제외하고 다른 어른들이 나의 그런 모습을 못마땅해 한다는 것을 감으로 느낄 뿐이었다.

그래서였을까, 중학교 때 비디오 가게에서 이 영화를 발견하고 집에 와 틀었을 때, 바지를 입고 황야를 달리는 이자벨 아자니의 모습은 내게 자유 그 자체로 다가왔다. 영화를 보고 난 후 학교 도서관에서 에밀리 브론테의《폭

풍의 언덕》을 빌려와 밤을 새워 읽었다. 당시에 내가 캐서
린과 히스클리프의 지독한 사랑을 이해했을 리는 만무하
다. 그럼에도 이 소설은 막장드라마처럼 단숨에 결말까지
치닫게 만드는 매력이 있었다.

한동안 잊고 있던《폭풍의 언덕》을 e북으로 구입해 기
차를 타고 가는 내내 다시 읽었다. 소설은 여전히 재미있
었다. 그러나 예전엔 아무렇지 않았던 부분들이 걸리기
시작했다. 애초에 왜 이들은 대화를 제대로 하지 않는가.
이렇게까지 복수할 필요가 있을까.

다음 날 제일 먼저 들른 곳은 브론테 뮤지엄(Brontë Par-
sonage Museum)이었다. 메인 스트리트에 있는 관광안내소
에서 지역 지도를 구할 수 있는데, 그 지도를 따라 미술관
으로 가다 보면 브론테 남매들이 다녔으며 샬롯 브론테와
에밀리 브론테가 교편을 잡기도 했던 학교(The Old School
Room Haworth)를 지나치게 된다. 학교 건물을 지나면 바로
브론테 뮤지엄이다. 19세기 건물의 외양을 그대로 간직한
박물관은 브론테 가족이 사용하던 물품들을 꽤 좋은 상태
로 보관하고 있다.

성공회 사제였던 아버지 패트릭 브론테와 어머니 마
리아는 아이들을 데리고 1820년 하워스로 이주했다. 하워
스의 종신 사제가 되었기 때문이다. 패트릭은 딸 마리아,

엘리자베스, 샬롯 그리고 에밀리를 기독교계 기숙학교에 보냈지만, 그곳의 열악한 환경으로 인해 병을 얻은 마리아와 엘리자베스는 결국 집으로 돌아와 폐결핵으로 사망한다. 19세기 산업혁명 이후 보편적 교육의 필요도가 높아진 영국에서는 기숙학교를 통해 대중 교육을 하는 것이 일반적이었지만, 시설의 질이 매우 낮았다. 딸들을 모두 기숙학교에 보내 가르친 것과는 달리 유일한 아들인 브란웰은 패트릭이 집에서 직접 가르쳤다. 패트릭은 아들 브란웰을 무척 사랑했고, 그가 성공할 거라고 믿었기 때문에 수준 높은 교육을 시켰다고 한다. 뮤지엄 안에는 브란웰이 그린 세 자매의 초상화가 걸려 있다.

브론테 뮤지엄은 브론테 가족이 살았던 교회에 딸린 사제관을 그대로 박물관으로 변모시킨 곳이다. 패트릭 브론테의 사망 후 집의 소유권이 제임스 로버트에게로 넘어갔고, 제임스 로버트가 1928년에 이 집을 브론테 추모회에 기증하면서 집에 남아 있던 자료들을 정리하고 외부 자료들을 기증받아 박물관으로 꾸몄다. 내부에는 당시의 복식과 브론테 자매들의 글, 브론테 가족들이 썼던 가구들, 브란웰의 그림 등이 빼곡하게 전시되어 있다. 가난한 사제 가정답게 소박하게 꾸며져 있다.

기대와 설렘을 한가득 품고 브론테 뮤지엄을 들렀지만, 정작 내부를 둘러보면서 기분이 점점 가라앉고 말았다. 자매들의 침실은 아주 작고 어두운 방 하나였다. 브란 웰이 아버지에게 예술적 재능을 인정받고 귀여움을 받으며 커다란 방에 화구를 두고 그림을 그릴 때, 자매들은 거실에 앉아 바느질을 하거나 빨랫감을 손질하다 그 작은 방에 모여 잠을 잤을 것이다.

선천적으로 몸이 약한 탓에 교사 일도 길게 하지 못하고 집안일을 도맡아 했던 에밀리 브론테는 집에 머무는 시간이 많았다. 하루 일과를 마치고 비좁고 스산한 침실로 돌아온 그녀는 매일 밤 무슨 생각을 하다 잠들었을까.

《폭풍의 언덕》은 1847년 엘리스 벨(Ellis Bell)이라는 이름으로 출간되었다. 이름과 성의 각 대문자를 딴 남자 이름이었다. 당시 문학은 '남성들의 것'이라는 생각이 일반적이어서, 선입견을 피하기 위해 여성 작가들이 남자 이름으로 작품을 발표하는 일이 흔했다. 브론테 자매는 어릴 적부터 글을 쓰고 서로의 글을 읽어 주며 자랐고, 자신들이 쓴 시를 모아 1846년 커러 벨(Currer Bell), 엘리스 벨(Ellis Bell), 액튼 벨(Acton Bell)이라는 남성적인 필명으로 시집을 냈다. 출간한 후 몇 달 동안 고작 두 부가 판매되었을 정도로 반응이 좋지 않았지만, 이 시집이 자매들이 용기를 내어 소설을 출간하는 마중물이 되었을 거라고 짐작해 본다.

그러나 결과가 다 좋은 것만은 아니었다.《폭풍의 언덕》은 출간 당시 야만적이고 역겨우며 비윤리적 소설이라는 비난을 받았다.《제인 에어》의 성공 이후 샬롯이 본명을 밝히자 에밀리도 1850년 두 번째 판에서 본명을 밝혔지만, 샬롯이 '여성적'이라는 면모 때문에 화제가 된 것과 달리 에밀리 브론테는 또 다른 비난의 목소리에 맞닥뜨리게 된다. 소설의 구성과 심리 묘사가 거칠고, 여자가 생각해 낼 수 없는 파격적인 전개라는 이유로 남자가 대신 써 주었을 거라는 공격에 휩싸인 것이다.《폭풍의 언덕》과 에밀리 브론테의 시들이 제대로 된 평가를 받게 된 것은 그녀가 죽은 지 한참 지난 후인 제1차 세계대전 이후였다.

남성성과 여성성의 차이란 무엇일까. 벨기에에서 샬롯과 에밀리를 가르쳤던 그들의 스승, 에제(Constantin Héger)는 에밀리 브론테를 두고 "그녀는 남자여야 했다. 그녀는 위대한 항해사다*"라는 평을 남긴 바 있다. 얼핏 듣기에는 그녀의 강인함을 칭찬하는 말로 들리지만, 나는 이런 의문이 들었다. 항해사는 남자여야만 하는가? 이미 항해사의 자질을 충분히 가진 에밀리 브론테에게 최고의 칭찬

---

* "She should have been a man – a great navigator."
출처: https://en.wikipedia.org/wiki/Emily_Bront%C3%AB

이 고작 '남자로 태어났다면 좋았을 것이다'이어야만 했을
까?

답답한 마음을 안고 박물관을 빠져나와 하워스 교회
로 발길을 옮겼다. 교회 내부에는 별 관심이 없어서, 그 옆
의 묘지를 한참 걷다가 다시 박물관 뒤로 난 길을 따라 소
설 속 배경이 된 무어(Moor)로 발길을 돌렸다. 안내 책자
에는 《폭풍의 언덕》의 배경이 되는 곳을 표시해서 걸어
볼 수 있는 하이킹 지도가 포함되어 있다. 지도를 따라 갈
수 있는 곳까지 걸어 보기로 한다.
　　교회를 벗어나 농장과 양을 키우는 목장을 지나쳐 능
선을 따라 걷자니 간간이 하이킹 코스를 표시해 놓은 나
무 팻말이 보인다. 방향을 확인하면서 열심히 걷고 있는
데, 누군가가 마주 걸어오며 인사를 건넨다. 오늘은 날씨
가 좋네. 어디에서 왔어? 여행자에게 어디에서 왔느냐고
묻는 것은 가벼운 인사이겠지만, 이런 질문을 받으면 괜
히 삐딱해진다. 런던. 짧게 답하자 남자는 런던을 좋아하
느냐고 묻는다. 심술을 부린 몇 초 전의 내가 머쓱해진다.
그냥 한국에서 왔다고 할 걸. "그럭저럭"이라고 답하자 남
자는 큰소리로 웃더니, 대부분의 영국인이 런던을 좋아하
지 않지, 라며 반갑게 대꾸하고 맞장구친다. 남자는 다시,
어디까지 갈 거냐고 묻는다. 안내 지도의 하이킹 코스대

로 걷고 있다고 말하니, 남자는 자신의 종아리를 가리킨다. 이게 필요할 텐데. 남자의 종아리에는 비닐 소재로 된 각반이 씌워져 있다. 조금 더 가면 진흙밭이야. 청바지에 워커를 신고 있는 내가 걱정스러워 알려 주려고 말을 건 모양이다. 영국의 중년 남자들은 가끔 생각지도 못한, 오지랖에 가까운 친절을 베푸는데, '젠틀맨'에 대한 강박이라고 혼자 추측할 뿐이다. 남자는 자신의 종아리 중간 정도를 가리키며 적어도 여기까지는 빠져, 라고 귀띔했다. 나중에 신발을 잘 털지 뭐. 알려 줘서 고마워. 남자는 내 대답에 싱긋 웃더니, 행운을 빈다며 잰걸음으로 내 시야에서 사라져 갔다.

이십 분가량 지났을까. 정말로 진흙 범벅인 길이 나왔다. 최대한 조심해서 걷는다고 걸었지만 발이 꽤 깊게 푹푹 빠지는 걸 피하기 어려웠다. 영화에서 왜 이자벨 아자니가 종아리를 천으로 감아서 실로 꽁꽁 동여맸는지 알게 된 순간이었다. 되돌아갈까. 숙소에 바지가 하나 더 있고 신발은 잘 털어 내면 될 것 같아서 앞으로 더 가 보기로 한다.

진흙밭을 겨우 빠져나와 언덕을 하나 넘고 나니, 돌담이 나타났다. 낑낑대면서 돌담을 넘자, 갑자기 광활한 언덕이 드러났다. 그림으로 그려 놓은 듯한 풍경. 하늘에는 구름 한 점 없다. 어디선가 맑고 순한 바람이 불어왔다. 청량하고 깨끗한 바람이라는 게 이런 것이구나. 가슴이 벅차올랐다. 바람에 따라 한 방향으로 흩날리는 풀들의 모습을 바라보면서, 가슴이 탁 트이는 느낌이 들었다. 큰 소리로 노래를 부르고 싶어졌다.

히스꽃이 만발할 때의 풍경은 얼마나 아름다울까. 에밀리 브론테는 캐서린과 히스클리프의 모습을 이런 곳에서 상상해 냈을까. 사방이 트인 벌판에서 느끼는 해방감. 이런 감정을 느끼기 위해서 그녀는 병약한 몸에도 바람을 맞으며 벌판을 걷고 또 걸었을까. 200여 년 전 불던 바람이 나를 휘감아 오는 듯하다. 언덕을 뛰어다니는 어린 히스클리프와 캐서린, 손으로 옷을 여민 채 벌판을 누비는 에밀리 브론테의 모습이 머릿속에서 교차된다.

소설에서 집주인 히스클리프에게 인사를 하러 갔다가 워더링 하이츠에서 하룻밤을 보내게 된 록우드는 유령 캐서린을 만나게 된다. 록우드가 창밖으로 내민 팔을 움켜잡은 캐서린은 황무지에서 길을 잃어 20년째 방황하고 있다며 자신을 들여보내 달라(Let me in.)고 애원한다. 록우드는 차분하게 말한다.

"내가 너를 들어올 수 있게 해 주길 바란다면, 일단 나를 놔 줘."*

in과 out이 반복되는 문장을 몇 차례 읽으며 생각했다.

인생이란 원래 구불구불한 것(in-and-out)이니까 단편적인 것만으로 어떤 이의 인생을, 한 인물의 성격을 파악할 수는 없다고. 나에게 자유란 집을 나오는 것이었지만, 에밀리에게 진정한 자유란 가장 마음이 편한 장소에서 혼자 고요히 머무는 시간이었는지 모른다. 그런 자유를 누리기에 하워스는 충분한 장소다.

숙소로 향하면서 나는 국적이 다른 또 한 명의 에밀리를 떠올렸다. 그녀의 시 〈나는 황야를 본 적이 없다〉와 함께.

나는 황야를 본 적이 없다
나는 바다를 본 적도 없다
그러나 히스꽃의 모양새를 알고
어떤 것이 파도인지도 알지＊＊
 ― 에밀리 디킨슨, 〈나는 황야를 본 적이 없다〉에서

＊ "Let me go, if you want me to let you in." 《Wuthering Heights》,
Emily Brontë, Smith Elder&Co, London, 1870

＊＊ I never saw a moor
 I never saw the sea
 Yet know I how the heather looks,
 And what a wave must be.
 -Emily Dickinson, 〈I Never Saw a Moor〉

유연한 생각과 풍부한 상상력만 있다면, 굳이 멀리 떠나지 않아도 바라는 세상을 볼 수 있다. 완전한 자유. 에밀리 브론테가 간절히 바랐던 자유란 그런 것이겠지. 당신이 말한 자유를 이제는 알겠습니다, 브론테.

빨간 머리 앤이 살았던 그 집엔

앤이 없다

"내 안에는 꽤 많은 앤들이 있어요.

뉴욕필름아카데미에서 공부할 때, '얼터 에고(Alter Ego)'라는 이름이 붙은 수업이 있었다. '또 다른 자아 찾기' 정도로 번역할 수 있을까? 자신이 되고 싶어 하는 인물로 분장을 해서 포트레이트 사진을 찍는 수업이었다. 주제를 듣자마자 내 머릿속에 떠오른 인물이 바로 '빨간 머리 앤'이었다.

고아면서도 늘 밝은 앤, 그런 앤을 사랑하는 매튜와 겉으로는 엄격하게 대하지만 자신만의 방식으로 앤을 아끼는 마릴라의 모습에서 내가 원하는 이상향의 가정을 보았던 것 같다. 혈연으로 이어진 수직적 관계가 아니라, 비혈연으로 이루어진 어른과 아이가 함께 성장해 나가는 공동체. 이 사회에서 흔히 표준이며 이상이라고 생각하는 가정이 모두 행복한 것은 아니라는 것을 일찌감치 깨달은 아이의 회피처가 '초록색 지붕집(Green Gables)'이었던 셈이다. 어릴 때는 그저 고아인 앤과 내 처지가 비슷하다고만 느꼈을 뿐이었지만.

앤으로 분장하기 위해 빨간색 가발과 회색 드레스, 하얀 스타킹을 파티용품점에서 구입하고 주근깨를 찍기 위해 갈색 아이라이너를 챙긴 뒤 학교로 향했다. 준비해 온 옷을 꺼내 갈아입고 분장을 하느라 모두 분주하게 움직였다. 친하게 지내던 알레한드라는 격투기 선수로 분했고, 영국 왕세손비 케이트 미들턴이 롤모델인 미국인 사라는 고급 정장에 진주 목걸이를 걸치고 우아하게 걷기 시작했다. 얼굴에 주근깨를 그려 넣고 옷을 갈아입은 뒤 가발을 양 갈래로 땋고 있는데, 분장을 마친 알레한드라가 다가오더니 "이상한 나라의 앨리스구나!"라며 박수를 친다. 스페인 출신인 알레한드라가 캐나다 소설을 모를 수도 있다는 생각에 일단 앤이 누구인지 설명해 주고 가발을 마저 땋고 있는데, 지나가는 애들마다 날 보고는 앨리스라고 하는 것 아닌가. 앨리스는 금발인데, 이들은 내 손에 들려 있는 이 빨간 가발이 보이지 않는 걸까. 무려 30달러나 주고 구입한 건데! 나는 열심히 루시 몽고메리와 그린 게이블즈의 앤을 설명하다가 휴대폰으로 검색해서 사진을 들이밀고는 미국인 사라와 호주인 사라를 불러 '앤'이 누구인지 설명을 좀 해 달라고 부탁했다. 그러나 90년대생인 두 사라는 잘 모르겠다고 고개를 저었다. 호주에서 온 사라는 심지어 '삐삐 롱 스타킹'을 얘기해서 나를 좌절하게 했다. '무려 정체성이 주제인데, 아무도 모르다니, 내 과제는 망한 건가' 풀이 죽어 있는데, 멀찌감치 앉아 있던 65세의 미국인 클린턴이 그 소설을 안다며 손을 흔들어 주었다. 클린턴은 일본 만화《드래곤볼》에 나오는 무천도사 복장을 하고 어색하게 가부좌를 틀고 있었다.

수업을 마치고 여느 때와 다름없이 학교에 남아 컴퓨터실에서 사진을 보정하고 있는데, 알레한드라가 다가왔다. 인터넷으로 찾아보니 재미있는 소설인 것 같다며, 네가 왜 그걸 좋아하는지 알 것 같다는 것이었다. 이유를 알 것 같다고? 그러고 보니 정작 나는 내가 그 소설을 왜 좋아하는지에 대해 제대로 생각해 본 적이 없었다. 내가 왜 그렇게 앤에게 집착했는지, 왜 나의 '또 다른 자아'로 앤을 골랐는지. 얼마 후, 미국을 다시 방문하게 되면서 프린스 에드워드 아일랜드를 일정에 슬쩍 끼워 넣었다.

프린스 에드워드 아일랜드(Prince Edward Island)는 캐나다 노바스코샤(Nova Scotia)에 있는 작은 섬이다.《빨간 머리 앤》의 작가 루시 모드 몽고메리의 고향으로 유명하다.

두 살 때 몽고메리의 어머니가 사망하자 그녀의 아버지는 캐번디시에 있는 외조부모에게 그녀를 맡겼다. 우체국을 경영하는 할머니 할아버지 밑에서 자라면서 그녀는 상상 속 친구를 만들고 책을 읽고 글을 쓰면서 어린 시절을 보냈다. 앤 시리즈로 몽고메리는 유명해졌고, 이외에도 꽤 많은 작품을 남기며 대영제국 훈장을 받을 정도로 성공한 작가가 되었다. 애니메이션 〈빨간 머리 앤〉 덕분에 우리나라에도 그녀의 팬이 많다.

프린스 에드워드 아일랜드 자체가 작은 섬이다 보니, 주도(主都) 샬롯타운도 무척이나 작다. 중심가에는 《빨간 머리 앤》을 바탕으로 한 관광 상품을 파는 여행사가 몇 있고, 〈Anne〉 뮤지컬만 공연하는 작은 극장이 있다. 여행 상품은 대부분 몽고메리가 쓴 소설에 나오는 지역 탐방으로 채워져 있다.

오래된 건물을 개조한 게스트하우스에 짐을 풀고, 초록색 지붕 집과 캐번디시 일대를 탐방하는 프로그램을 신청했다. 샬롯타운 중심가에서 출발하여 몽고메리가 다녔다는 학교를 둘러보고 소설에 나오는 바닷가를 들렀다가 초록색 지붕의 집으로 가는 코스였다. 초록색 지붕 집은 몽고메리가 살았던 장소는 아니고 친척집인데, 몽고메리는 그 집을 배경으로 《빨간 머리 앤》을 썼다고 한다. 주정부에서 그 집을 매튜, 마릴라 그리고 앤의 방으로 꾸며서

관광 상품으로 만들었으며, 그 근방의 자연경관이 무척 아름다워서 걷기에 좋다고 가이드북에 쓰여 있었다. 가이드북을 가방에 넣으면서 오랫동안 꿈꿔 온 공간에 직접 가 본다고 생각하니 콧노래가 절로 나왔다.

다음 날, 부푼 기대를 안고 아침 일찍 일어나 집합 장소로 향했다. 그리고 일정을 다 마친 후 나는 실망을 감출 수가 없었다. 빨강 머리 앤이 살던 집에는 빨강 머리 앤이 없었다. 가이드 설명을 들으며 몇몇 장소를 들러 사진을 남기고, 초록 지붕 집에 들러 소설에 그려진 대로 꾸며진 가상의 방을 구경하고, 그곳에 있는 카페에서 차를 마신 뒤 돌아오는 상투적인 관광 상품에 나는 대체 얼마나 큰 기대를 했던 것일까. 애초에 앤은 가상의 인물이고, 그녀가 '소설 속에서' 살았던 장소를 굳이 방문할 필요는 없었는데. 그저 천천히 그 마을을 둘러보며 책에 나온 이야기들을 다시 상상해 보는 편이 나았을 것이다.

몽고메리가 살았던 장소니, 빨간 머리 앤의 이야기 속 장소니 하는 것들을 머릿속에서 지우고 있는 그대로의 섬을 느껴 보기로 했다. 그러고 나니 작은 섬 자체의 아름다움이 눈에 들어오기 시작했다. 지역 미술 시장에서 유리로 만든 등대 장식품을 하나 샀다. 천천히 시장을 구경하고 이 지역 우유로 만든 아이스크림을 사 들고 항구로 향했다. 꽃사과가 떨어진 도로와 붉은 흙으로 뒤덮인 절벽이 있는 해안가를 발 닿는 대로 걸었다.

　며칠 지나자 슬슬 매운 음식이 당겼다. 시내를 슬렁슬렁 걷고 있는데, 'Minsoo'라는 간판이 눈에 들어왔다. 누가 봐도 한국인 이름 아닌가! '한국&일본&인도 레스토랑'이라는 작은 글씨가 위에 쓰여 있었다.

　문을 열고 식당으로 들어가자 "이랏샤이마세!"라는 어색한 일본어가 들려왔다. 고개를 드니 양식 주방장 모자에 대나무가 그려진 일식 요리사 가운을 입은 인도인이 서 있었다. 다시 나갈까 고민했지만, 매운 음식이 간절했다. 한국 음식을 파느냐고 영어로 묻자마자, 그는 완벽한 한국어로 대답했다.

　한국인이셨구나? 한국 음식은 내가 아주 전문이야.

　이국의 이 작은 섬에서 한국어를 듣게 되리라고는 상상도 안 해 봤기 때문에 얼떨떨해서 어찌할 바를 모르고 그저 서 있었다. 주인은 손으로 테이블을 가리키며 앉으라는 고갯짓을 했다. 메뉴를 내오는 그에게 한국에서 살았던 적이 있느냐고 물으니, 그는 "당연하지!"라며 한국에서 한국 음식을 배웠노라고 자랑스럽게 대답했다. '매운 돼지고기 벤또'라는 메뉴를 기다리는 동안, 오픈키친을 통해 민수는 자신의 과거를 풀어놓았다. 오랜만에 한국인을 봐서 너무나 반갑다면서. 속사포처럼 내뱉는 그의 어휘 구사력과 억양이 어찌나 자연스러운지 나는 홀린 듯이 그의 이야기에 빠져들었다.

어디서 왔어? 서울? 아유, 내가 잘 알지. 내가 의정부에서만 5년을 살았어. 공장에 취직해서 한국으로 갔는데, 거기서 요리를 배웠지. 내가 또 손맛이 있어요. 왜 우리는 같은 문화권이잖아. 쌀 먹는. 민수는 내 한국 이름이야. 의정부에서 친하게 지내던 이들이 지어 줬어. 캐나다로 이민을 왔는데, 요새 한국인 관광객이 부쩍 많아졌잖아. 여긴 한식당도 없고. 그래서 가게를 열었지. 입에 맞으려나 모르겠네.

안타깝게도 그가 내온 '벤또'는 그의 유려한 말솜씨와 다르게 서툴기 그지없었다. 일식과 한식과 베트남식과 인도식이 이리저리 뒤섞여 있는 음식은 그의 복장만큼이나 혼란스러웠다. 어차피 북미에서 제대로 된 한식은 한인타운을 제외하고는 만나기 어렵다지만, 좀 심각할 정도로 정체불명의 음식이었다. 밥은 찰기가 하나도 없었고, 제육은 간장으로 볶은 돼지고기에 스리라차 소스를 들이부은 것이었다. 거기에 일본식 미역 초무침과 단무지가 딸려 있었다. 매운 음식은 웬만해서 가리지 않는데도 고기가 너무 질기고 역한데다 엄청나게 매워서 다 먹기가 어려웠다. 음식 대부분을 남기고 계산서를 요청하자, 그는 영수증을 넘겨주면서 "다음에 또 오면 내가 아주 맛있게, 자알 모실게!"라며 환한 웃음을 지었다. 그의 '자알'이 너무나도 중년 한국인의 억양이어서, 숙소로 돌아오면서 그의 억양을 계속 따라해 보았다. 자알~ 자알!

숙소에 오자마자 복통에 시달렸다. 다음 날 아침에 일어나니 속이 더 쓰려 왔다. 게스트하우스에서 주는 식빵에 커피를 마셨다가는 내일 미니버스를 타고 할리팩스로 가는 일정에 심각한 탈이 날 듯해, 위장약을 꺼내 먹고 일식집을 검색했다. 따끈한 우동 같은 것으로 속을 진정시킨 뒤 숙소에서 쉬고 싶었다. 조금 먼 거리지만 걸어서 갈 만한 일식집을 하나 찾아냈다. 도착해 보니 주인이 한국인이었다. 우동과 롤을 하나씩 시키고, 반가운 마음에 어제 한식집에 갔었다고 얘기를 하니 주인의 표정이 어두워진다. 알고 보니, 인도인 민수는 이 레스토랑의 직원이었던 것! 원래 '민수'라는 이름도 이 레스토랑이 먼저 쓰던 이름인데, 몇 년 일하면서 한국어와 조리법 몇 개를 배워서는 같은 이름으로 창업을 했다고 주인이 떨떠름한 표정으로 설명한다. 그가 완벽하게 내뱉던 한국어의 대부분은 거짓말이었던 셈이다. 이 상황이 우스꽝스럽기도, 당황스럽기도 했다. 왜 지나가는 여행객에게 그런 거짓말을 했을까. 그는 실제의 자신이 아닌, 다른 모습으로 보이기를 원했던 걸까. 그가 정말로 원했던 모습은 무엇이었을까.

한국에 돌아온 뒤 불편한 자리에서 나도 모르게 내가 아닌 다른 모습을 연기하고 집에 돌아와 자학에 빠질 때면, 일식 주방장 옷을 입은 인도인, 민수를 떠올렸다. 이도 저도 아닌 어설프고 서툰 내 모습이 딱 그랬다. 어떤 사람은 그 모습에 속아 넘어가고, 어떤 사람은 그 모습으로 나를 평가하고, 어떤 사람은 그 모습에 실망해 나와 거리를 두자 마음먹을 것이다. 그러나 애초에 '진정한 나 자신'으로 살아가는 것이 가능할까.

내 마음 한구석에 숨겨 둔, 어릴 적 내가 동경하던 '지난날의 얼터 에고'를 떠올렸다. 오늘 겪은 일은 슬프지만 집에 돌아와 먹은 쿠키가 맛있으니 세상이 아름답고, 밤하늘의 별이 떠 있으니 내일은 좋은 일이 올 거라고 믿었던 앤의 낙천성을 닮고 싶었던 과거의 나. 그러나 나는 앤과는 전혀 다른 사람이었다. 내 멋대로 나의 일부가 앤과 닮았다고 생각했지만, 나는 나쁜 일이 있으면 집에 돌아와 계속해서 그 일을 곱씹고, 안 좋았던 기억 한 조각을 극한까지 몰고 가는 그런 사람이었다. 만들어 낸 서툰 모습 말고, 스스로에게 솔직한 내 모습을 보여 줄 수 있을까.

그 작은 섬을 다녀온 지 햇수로 십 년이 지났다. 여전히 나는 나 스스로에게도 타인에게도 서툴고 크고 작은 실수를 한다. 그러나 허영과 치기로 가득했던 나로부터 조금씩 멀어지려고 매일 노력하고 있다. 내가 바라던 모습과 실제 내가 다르다는 걸 받아들이고 나니, 앤의 말이 더 깊게 내 마음속에 들어온다.

"내 안에는 꽤 많은 앤들이 있어요. 가끔씩은 그것 때문에 제가 문제아인 게 아닐까 생각해요. 단 하나의 저 자신밖에 없다면, 아마 꽤 편할 거예요. 그치만 그럼 무척 지루하겠죠."*

마흔이 넘은 나이에도 여전히 우왕좌왕하고 좌절하고 실수를 반복하는 나를 보면서, 그렇기 때문에 삶이 덜 지루한 거라고 말할 수 있게 된 건 어린 시절 내 '얼터 에고'가 준 선물이라고, 그렇게 생각하기로 한다.

---

* Lucy Maud Montgomery, 《Anne of Green Gables: Three Volumes in One》, Random House Value Publishing, 2001

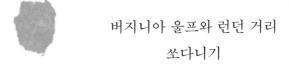

버지니아 울프와 런던 거리
쏘다니기

"혼자서 런던의 거리를 걷는 일은 최고의 휴식이다.

1928년 일기에서 버지니아 울프는 런던을 걷는 즐거움에 대한 기록을 남겼다. 그녀에게 런던이란 '쉴 새 없이 나를 매혹하고 내게 극을 보여 주고 이야기와 시를 들려주는 장소'였다. 실제 그 시기의 런던은 그런 장소였을 것이다.

버지니아 울프가 살던 시대의 런던은 상업적·문화적으로 발달한 도시였다. 16-17세기 셰익스피어라는 대문호가 등장하면서 연극 문화가 발달했다. 연극과 함께 다양한 공연 문화가 발달할 수 있었다. 18세기 산업혁명과 함께 '커피하우스 시대'가 도래했다. 1700년대 초반 런던 시내에 약 2,000개의 커피하우스가 생겼다고 한다. 상류층만이 접할 수 있었던 커피라는 음료가 상당히 대중화

되었다는 반증이다. 커피가 대중적인 음료가 되면서 누구나 커피하우스에 갈 수 있게 되었고 일반 대중이 모여 자유롭게 의견을 교환하고 이야기를 나누는 광장 문화가 생겨났다. 도시의 발달과 함께 런던의 상징적인 건물들도 하나둘씩 지어지기 시작했다. 트라팔가 광장(Trafalgar Square), 빅 벤(Big Ben), 국회의사당(Houses of Parliament), 로열 앨버트 홀(Royal Albert Hall), 빅토리아 앨버트 박물관(Victoria and Albert Museum), 타워브리지(Tower Bridge) 등 런던의 랜드마크라고 할 법한 장소들이 생겨났고 거리는 오가는 사람들로 매일같이 북적였다. '대영제국의 수도' 런던은 흥미로운 볼거리가 가득한 도시가 되었다. 매일이 낯설고 매분마다 생동감 있게 움직이는 도시, 그것이 버지니아 울프의 눈에 비친 런던이었고, 그녀는 런던을 향한 매혹의 감정을 꾸준하게 기록했다.

동양인의 눈에 비친 런던 또한 그렇게 반짝반짝 빛이 났을까. 처음 만난 런던은 나에게 최악의 소개팅 상대 같은 것이었다. 런던에 처음 방문한 것은 2011년, 100일 동안 유럽 여행을 떠나면서였다. 대부분의 유럽 배낭여행객들은 히드로 공항에 도착해 런던을 시발점으로 잡아 대륙 유럽으로 건너가든가, 대륙에서 여행을 시작해서 런던을 마지막 여행지로 잡는데, 나는 당시 드레스덴에 사는 지인이 부탁한 짐이 있어서 그걸 전해 주기 위해 드레스덴을 시작으로 독일, 암스테르담을 거쳐 런던에 도착했다. 애초에 런던에 대한 환상은 그리 없었지만, 비교적 친절하고 안전한 독일과 암스테르담, 싼 물가 덕분에 맛있는 식당에 망설임 없이 들어갈 수 있었던 프라하를 거쳐 런던에 도착하니 정신이 하나도 없었다.

거리를 오가는 사람들은 화난 듯이 바쁘게 움직였고, 물가는 미친 듯이 비쌌다. 당시 파운드가 한창 높을 때라 커피 한 잔을 사 마시는 일조차 부담스러웠다. 낯익은 스타벅스가 눈에 띄기에 반가운 마음으로 들어가 아메리카노를 주문했더니, 직원은 어디에서 왔느냐고 묻고는 요청하지도 않았는데 내 R 발음을 교정해 주었다. 너 그렇게 발음하면 여기에서 커피 못 사 먹어. 고작 사흘 있을 건데 커피 좀 못 마시면 어때서!

짜증 나는 일은 연속으로 일어났다. 영국 스타벅스에서 아메리카노를 주문하면, 블랙이냐 화이트냐 묻는 질문이 되돌아온다. 알고 보면 정말 별것 아닌 질문이다. 우유를 넣을 거냐 말 거냐 묻는 건데, 이런 세세한 사항이 가이드북에 나와 있을 리 없다. 당황해서 대답을 못 하는 나를 보고 스태프는 한숨을 쉬면서 답답하다는 듯이 "which one?(어떤 거?)"이라며 날선 목소리로 다그쳤다. 내 뒤에는 줄이 길게 늘어서 있어 "whatever(아무거나)"라고 답했

다가 우유가 잔뜩 들어간 밍밍한 커피를 받아서 제대로
마시지도 못하고 나와야 했다. 런던을 떠나기 전날 쓴 일
기에는 '내가 이 도시에 다시는 오나 봐라'라는 문장이 똑
똑히 적혀 있다.

그러나 인생은 생각대로 돌아가지 않는 법. 2016년 나
는 다시 런던에 와 있었다. 내 선택이었다. 이번엔 체류 기
간도 길었다. 학교에서 정해 준 기숙사에 짐을 풀고 앞으
로 해야 할 일들을 꼽아 보니 이 도시가 더욱 두렵고 생경
하게만 느껴졌다. 스트레스가 어찌나 심했던지 도착한 지
일주일 만에 원형탈모가 왔다. 머리를 감을 때마다 한 움
큼씩 머리카락이 빠지곤 했다. 이상 식욕이 올라와서 밤
마다 컵라면을 먹었고 두 달 만에 8킬로그램이 늘어났다.
옷을 많이 가지고 오지 않은 게 그중 다행이었다. 살이 찌
면서 안 그래도 예민했던 위는 더 예민해졌고, 여름이라
해가 너무 길어진 탓에 원래도 심했던 불면증은 더 심해
졌다. 미리 처방받아 온 수면제를 먹지 않고는 잠을 잘 수
가 없었고, 수면제가 빠르게 줄어드는 것을 보면서 수면
제 구하는 법을 검색하곤 했다.

그런 내 눈에 런던의 거리들이 반짝거릴 리가. 좁은 거
리를 꽉꽉 채운 건물들은 내 가슴마저 답답하게 옥죄어
오는 듯했고 템즈강은 우중충하게만 느껴졌다. 지금 생각

하면 너무 유치하지만 영국에 얼마나 진저리가 났던지 영국식 억양마저도 싫어서 미국 드라마로 영어 발음을 연습하기도 했다. 학교에서 매일 만나는 학생 대부분을 일주일 내내 기숙사에서 또 마주쳐야 한다는 것도 괴로운 일이었다. 이십대 친구들은 방과 후에도 저녁까지 수다를 떨거나 주말에 외곽으로 산책을 나가면서 시간을 같이 보내고 싶어 했다. 그들보다 나이가 한참 많은 나에게 여기저기 가자고 청해 주는 것만도 고마운 일이었지만, 이십대의 체력을 따라갈 수가 없었다. 게다가 하던 일을 채 마무리 짓지 못하고 온 터라, 수업을 마치면 과제를 끝내고 부랴부랴 한국에서 받아 온 일들을 마무리해서 메일로 전송해야 했다. 하루는 너무 짧은데, 기숙사에 있는 기간은 길디긴 터널처럼 느껴졌다.

기숙사 계약이 끝나기도 전에 머물 장소를 찾아 인터넷과 부동산 업체 사이트를 뒤졌다. 살인적인 집세 때문에 혼자 쓰는 스튜디오를 구하는 것은 불가능했다. 하지만 '언 스위트(en-suit)'라고 불리는, 주방과 세탁실을 공용으로 사용하지만 화장실이 안에 딸린 작은 방을 핀칠리 로드(Finchley Road)역 근처에 얻을 수 있었다. 학교와는 거리가 좀 있었지만, 세 개의 지하철역과 일본 식료품 가게, 작은 쇼핑몰과 서점이 근처에 있는 안전한 동네였다.

'혼자만의 공간'이 갖춰지자 점차 마음이 안정을 되찾기 시작했다. 작긴 하지만 몸을 뉘일 침대가 있고, 따뜻한 물이 나오고, 내가 원하는 시간에 자고 원하는 시간에 일어날 수 있는 공간이 생기자 정신적인 여유가 생겼다. 혼자만의 공간이라는 것은 단순히 공간의 문제만이 아니다. 혼자 있을 수 있는 '시간'이기도 하며, 자립의 문제이기도 하다. 완벽하진 않아도 어느 정도의 독립된 시간이 확보되자 탈모도 조금씩 완화되었고 몸 상태도 점점 나아지기 시작했다.

몸이 나아지면서 시야도 넓어졌다. 수업이 없는 주말에 혼자서 거리를 걷기 시작했다. 서점에 들러 책을 사서 집에 돌아왔다. 한국에 있는 작은 서점을 찾아내 메일을 보내 적립금 형식으로 돈을 입금하고, 그 한도 내에서 읽고 싶은 한국 책도 주문할 수 있었다. 기숙사에서는 곧 떠나야 한다는 부담감에 짐을 늘이지 못했지만, 내 공간이 생기자 읽고 싶은 책을, 마음껏은 아니더라도, 사들일 수 있었다.

그 책들 중에, 버지니아 울프의 《런던 거리 헤매기 (Street Haunting)》가 있었다. 《댈러웨이 부인(Mrs Dalloway)》이 발간되고 2년 후에 발표된 이 에세이는 1930년대 런던 시내의 정경을 세세하게 묘사하고 있다.

화사한 봄날이다. 옥스퍼드 거리를 걸었다.
버스는 줄에 매달려 있다. 사람들은 싸우고
고군분투한다. 인도에서는 서로의 것을 훔쳐 댄다.
모자를 쓰지 않은 늙은 남자, 자동차 사고가 났다
(……) 혼자서 런던의 거리를 걷는 일은 최고의
휴식이다.*

사실 그 전까지 버지니아 울프의 글들을 좋아하지 않
았다. 《자기만의 방》과 《3기니》를 제외한 버지니아 울프
의 글들은 이해하기 힘들었다. 좋은 집안에서 태어나서
어릴 때부터 아버지의 책을 마음껏 읽을 수 있었고, 친척
에게 물려받은 돈으로 글을 쓸 여유를 가질 수 있었으며,
자신을 이해해 주는 남편을 만나 여성의 글쓰기에 우호
적이지 않았던 그 당시에도 보기 드물게 다작을 할 수 있
었던 상류층 여자 작가라고 생각했다. 평생 노동을 해 보
지 않은 이가 쏟아내는 이야기들이 사치스러운 불평으로
만 느껴졌고 온전히 공감하기 어려웠다. 아마도 열등감
에서 파생된 생각이었을 것이다. 별 볼 일 없는 가정환경
에서 스무 살 이후로 생계를 위해 쉼 없이 돈을 벌어야 했

---

* Virginia Woolf, 《Street Haunting》, British Library Cataloguing-in-Publication Date, 1930

고, 그나마 버는 족족 가족들이 벌인 사고를 수습해야 했던 '케이 도터(K-daughter)'로서의 나 자신과 그녀의 배경을 비교하면서 스스로 장벽을 쌓아 왔던 것이다. 그러나 《런던 거리 헤매기》를 읽으면서 나는 한 가지 사실을 깨닫게 되었다. 투쟁하는 방식이 서로 다를 수 있다는 것을.

영국에서 여성의 참정권이 인정된 해는 1918년. 그렇지만 1918년의 참정권은 1차 세계대전 이후 30세 이상의 여성들에게만 인정된 불완전한 참정권이었고, 모든 성인 여성에게 참정권이 주어진 것은 1928년이 되어서야 가능했다. '부르주아 중산층 계급'이라고 한들, 여성은 제대로 된 권리를 누릴 수 없었던 것이다. 더군다나 울프가 살았던 당시 런던 거리 곳곳을 여자 혼자 걸어 다니는 일은 위험한 일이었다. 하지만 그녀는 이런저런 핑계를 대서라도 밖으로 나갔고 런던의 구석구석을 직접 눈으로 본 뒤 글로 기록했다. 그게 그녀 나름의 투쟁 방식이었다. 자신이 본 것을 최대한 기록하여 남기는 것. 사람마다 자신의 시대, 자신의 환경에 맞는 투쟁 방식이 있는 법이다.

그 사실을 깨닫게 되면서 나는 과거 1세대 페미니스트들의 책과 일화들을 찾아 읽기 시작했다. 젤다 피츠제럴드가 어떤 방식으로 자신의 세계와 싸워 왔는지, 그리고 어떻게 실패하고 어떻게 성공했는지, 세상에서 어떤 방식으로 오독되어 왔는지. 영화 〈미드나잇 인 파리(Midnight in

Paris, 2011)〉에서 젤다는 남편의 재능을 갉아먹는 팜므파탈로 등장한다. 하지만 나는 빛이 잘 드는 내 방에서 그녀에 관한 평전을 읽으며 젤다라는 인물을 새롭게 읽었다.

한국에서도 여성 작가에 대한 다양한 책들이 발간되기 시작했다. 나혜석과 일제 강점기 여성 작가들의 책을 주문했다. 나혜석의 글과 그녀에 관해 새롭게 해석한 글을 찾아 읽으면서, 그녀가 쓴 〈이혼 고백장〉이 발표된 지 100년 가까이 흘렀음에도 모성애에 대한 과도한 환상과 여성 작가에게 주어지는 편견과 기대치가 크게 달라지지 않았음을 확인했다. 네 평이 채 안 되는 작은 방이었지만, 새 책이 들어올 때마다 나의 세상은 조금씩 넓어졌다. 실비아 플라스의 일기를 읽고 난 어느 날, 나는 사 온 책들 몇 권을 가방에 넣고 런던 거리로 나섰다.

버지니아 울프가 책에서 언급했던 장소들을 몇 군데 정해 놓고 카메라로 거리를 찍으면서 돌아다녔다. 근 백년에 가까운 시간이 흐르는 동안 무엇이 달라지고 무엇이 달라지지 않았을까. 지저분하고 혼잡하고 어지러운 건 여전했지만, 몇몇 장면들이 달라져 있었다. 이층 전차는 버스로 바뀌었고, 수은등이 전기등으로 바뀌었다. 사람들의 옷차림이 달라졌다. 그리고 여자로서, 여자이기 때문에 받는 차별은 100년 전 영국과 비교하면 꽤 줄어들었다. 다른 유럽 국가나 미국에서 흔하게 겪었던 캣콜링이나 추근거

림도 런던 시내에서는 겪은 적이 거의 없었다. 아직도 많은 것을 바꿔야 하지만, 틀림없이 나아진 것들이 있었다.

며칠 동안 카메라를 들고 다니면서 나는 나만의 작은 프로젝트를 진행했다. 용기를 내어 지나가는 여성들에게 내 가방 속에 들어 있는 책들의 작가들을 좋아하느냐고 물었다. 대부분의 여성이 반색을 하며 버지니아 울프의 책을 좋아한다고 대답했다. 실비아 플라스의 광팬이라고 하는 여성도 있었다. 젤다 피츠제럴드에 대해 설명하자 같이 흥분하면서 그녀의 인생을 안타까워해 준 사람도 있었다. 이야기를 나눈 여성들에게 혹시 좋아하는 부분을 골라 낭독해 줄 수 있겠느냐고 요청했다. 흔쾌히 응한 이들의 목소리를 보이스 레코더에 담았다.

여자는 작가가 될 수 없어 남자 이름을 빌려야 했던 때가 있었다. 여자는 재산을 가질 수 없어 돈이 있어도 후견인인 남편이 대신 서명을 해야만 그 돈을 쓸 수 있던 때가 있었다. 여자 혼자서 외출을 하는 일이 불가능하던 때가 있었다. 여성 참정권을 위해 상점에 돌을 던지던 때가 있었다. 믿어지지 않는 그런 시기를 지나서, 서툰 외국어로나마 우리 앞 시대를 살았던 여성 작가들의 글을 읽어 달라고 낯선 이들에게 불쑥 부탁할 수 있는 '현재'가 가능하게 되었다.

목소리를 채집하면서, 낭독해 준 이들의 응원의 말들을 들으면서, 이러한 현재가 있기까지 울퉁불퉁한 길을 먼저 걸어가며 개척한 여자들을 떠올렸다. 그들이 싸워 준 덕분에, 나는 이국의 낯선 거리에서 고마운 목소리들을 만날 수 있었다.

나에게는 그렇게까지 매혹적이고 반짝이지는 않지만, 런던의 거리를 걸으면서 나는 과거의 나와 지금의 나를 다시 생각할 수 있었다. 그저 길을 걷고, 낯선 사람들과 말을 섞는 것만으로도 거리의 채도가 몇 도쯤 밝아진 것 같았다.

거리를 담은 영상과 채집한 목소리를 합쳐 영상을 만들었다. 젊은 여성 작가들을 만나 인터뷰한 사진과 함께 행인들의 목소리가 담긴 영상으로 와핑(Wapping)의 작은 공간에서 전시를 했다. 비슷한 듯 다른 고민들, 미래에 대한 걱정을 함께 나눈 친구들이 찾아와 주었다. 느슨한 연대, 말로만 듣던 그 따뜻한 단어를 체감할 수 있었다.

런던 북서쪽에 있던 내 작은 방과 아침저녁으로 건너던 템즈강, 일요일이면 산책 겸 들르던 런던 시내의 도서관들, 그리고 열심히도 걸어 다녔던 옥스퍼드 스트리트와 채링크로스, 웨스트엔드. 런던의 거리들은 내가 겪었던 일들을 '원래 그런 것'이라고 체념하지 않게 만들어 주었다. 수많은 이들이 그동안 많은 길들을 걸었고 그 덕분에 조금씩이나마 앞으로 나아갈 수 있었다. 누군가가 런던을 사랑하느냐고 물으면 여전히 고민하겠지만, 런던의 거리들이 나를 성장시켜 주었다는 사실만큼은 부인할 수 없다. 런던의 거리는, 내 성장점이 존재하는 곳이 되었다. 반짝거리지는 않지만, 감사한 거리들. 요즘 그 거리가 많이 그립다. 다시 런던 거리로 나가 새로운 장면들을 눈에 담을 수 있는 날이 오기를 오늘도 바란다.

〔 에필로그 〕

서울에서

G.

2019년 독일에서 당신에게 메시지를 보냈지요. 런던에 잠깐 들렀음에도 만나러 가지 못해서 미안하다고, 다음번에 들를 때는 꼭 당신을 보러 가겠다고. 그리 멀지 않을 거라고.

서울은 내 고향이지만, 가끔은 내가 정말 서울에서 태어난 게 맞나 의심스러워요. 태어날 때의 기억이란 타인들의 증명일 뿐, 내가 가지고 있는 게 아니니까요. 남들의 이야기에 기대어 서울이 내 고향이라고 믿을 뿐이에요.

증명서에는 내가 기억하거나 기억하지 못하는 다양한 주소들에 내가 머물렀다고 기록되어 있어요. 내 머릿속에 제일 먼저 새겨진 서울이라는 공간은 이모네 집이 있던 금호동 산동네예요. 개나리가 흐드러진 반쯤 부서진 콘 크리트 벽 앞에 선 나는 이모가 시키는 대로 포즈를 취하고 있었어요. 앞니가 하나 빠진 채였죠. 파마를 해 꼬불거리는 머리를 잡아 묶고 빨간 리본을 단, 해맑게 웃던 여섯 살짜리 소녀. 내가 기억하는, 서울에서의 최초의 내 모습은 그렇습니다.

이후로 이 도시의 꽤 많은 장소들을 옮겨 가며 살아왔어요. 하지만 딱히 내 공간이라고 느껴지는 곳은 없었어요. 어디에 있든 늘 어색했고, 어느 정도 시간이 지나 그 공간이 익숙해지면 떠나고 싶어졌죠. 이 도시가 나를 받아 주기를 바라는 한편 상처받을 게 두려워 다가서고 싶지 않은, 서울에 대해서는 항상 그런 모순적인 마음이 있었던 것 같아요.

그래서였을까요. 처음으로 서울을, 이 나라를 떠나게 되었을 때 나는 해방감을 느꼈습니다. 그곳엔 내 과거를 모르는 사람들, 나를 판단하지 않는 사람들이 있었어요. 당신도 그런 사람이었습니다.

런던이라는 도시에 도착했을 때의 불안과 우울을, 늦은 나이에 공부를 시작하면서 갖게 된 열패감을 떠올려 봅니다. 나는 당신이 나에게 하는 모든 말에 토를 달곤 했죠. 당신이 나를 싫어한다고 여겼어요. 하지만 당신이 지적했던 그 모든 것이 애정이었다는 것을 뒤늦게 알게 되었죠. 스승과 제자로 만났지만, 당신은 나를 인간 대 인간으로 평등하게 대해 주었어요.

　코로나로 인해 서울이라는 공간에 발이 묶여 있는 시간이 길어졌어요. 그런데 어느 날 문득, 내가 이 공간을 잘 모른다는 생각이 들더군요. 야간 활동 제한으로 한적해진 밤거리를 작은 카메라를 들고 걷기 시작했습니다. 서울은 다른 몇몇 도시처럼 강력한 락다운이 시행되지는 않았지만 늦은 시각 거리는 무서우리만큼 적막했어요. 불야성을 이루던 서울의 달라진 모습이 몹시 낯설게 느껴지더군요. 가게의 간판들은 모두 불이 꺼져 있었고, 줄을 서서 대기하던 택시들도 보이질 않았습니다. 시청 근처 어두운 골목에는 노숙자들이 모여 아마도 겨우 구했을 마스크를 걸친 채 멍한 표정으로 앉아 있었습니다. 서울의 거리가 네온사인으로 가득 채워지기 전의 모습이 이랬을까 싶더군요. 불과 몇 십 년 사이에 서울은 거대해졌거든요. 마치 터지기 직전의 풍선처럼.

　마지막 당신을 만났을 때, 당신은 다음에 영국에 오면 동네를 소개해 주겠다고 했었지요. 제인 오스틴 소설의 배경이 되는 곳이 당신 집 근처라며 꼭 데려가 주겠다고요. 나 또한 다음에 한국에 오면 우리 동네를 안내하겠다고 했어요. 큰 절이 있으니, 채식을 하는 당신에게 사찰음식을 대접하겠다고 덧붙였죠. 도쿄에는 자주 가면서 지척인 서울에 오지 않는 건 너무하다고, 제가 웃으며 불평하자 학회로 일본에 오게 되면 짬을 내어 서울에 들르겠다고, 당신은 그렇게 답했지요. 이제 그 약속은 영영 지켜질 수 없게 되어 버렸습니다. 당신의 아내에게 긴 답장을 보냈습니다. 코로나가 끝나면 당신 묘에 들르겠다는 약속도 남겼습니다.

당신의 부고를 듣고 나서 바라보는 서울의 풍경은 사뭇 다르더군요. 당신을 떠올리면서, 몇 달 동안 카메라에 서울을 담았습니다.

서울, 그토록 떠나고 싶었던 장소. 하지만 낯선 곳에서 위험에 처하거나 외로워질 때마다 나는 이곳을 그리워했어요. 오랜 동안의 여행을 통해 깨달았죠. 결국 내가 살아가야 할 장소는 여기라는 걸. 나는 또 다시 돈을 모으고 가방을 싸고 어딘가로 떠나려 할 테지요. 하지만 이제는 압니다. 어디로 가든 내 여행의 종착지는 이 복잡하고 시끄러운 도시라는 것을요.

당신과 함께 가고 싶었던 장소들을 사진으로 남겨 보았습니다. 이 사진들을 당신 묘에 직접 두는 날이 곧 오기를 바랄 뿐이에요.

언젠가 다시 만날 때까지, 잘 지내시기를.

2022년 초여름, 레나

알 수 없는 채로, 여기까지

2022년 7월 7일 처음 찍음 | 2023년 12월 20일 두 번 찍음

지은이 레나
표지 및 본문 사진 레나
펴낸곳 도서출판 낮은산
펴낸이 정광호
편집 강설애
제작 세걸음
출판 등록 2000년 7월 19일 제10-2015호
주소 04048 서울시 마포구 어울마당로5길 16 반석빌딩 3층
전화 02-335-7365(편집), 02-335-7362(영업)
팩스 02-335-7380
이메일 littlemt2001ch@gmail.com
제판·인쇄·제본 상지사 P&B

ISBN 979-11-5525-155-3 03810